德语上海小说翻译与研究系列　张帆 / 主编

# 上海枪声

［德］阿弗雷德·施洛考尔 / 著
陈雨田　张帆 / 译

世界知识出版社

图书在版编目（CIP）数据

上海枪声 / 张帆译著. —北京：世界知识出版社，2019.9
（德语上海小说翻译与研究系列）
ISBN 978-7-5012-6104-8

Ⅰ.①上… Ⅱ.①张… Ⅲ.①长篇小说—德国—现代
Ⅳ.①I516.45

中国版本图书馆CIP数据核字（2019）第182420号

| | |
|---|---|
| 书　　名 | 上海枪声<br>Shanghai Qiangsheng |
| 作　　者 | ［德］阿弗雷德·施洛考尔 / 著<br>陈雨田　张帆 / 译 |
| 责任编辑 | 贾如梅 |
| 责任出版 | 赵　玥 |
| 出版发行 | 世界知识出版社 |
| 地址邮编 | 北京市东城区干面胡同51号（100010） |
| 网　　址 | www.ishizhi.cn |
| 电　　话 | 010-65265923（发行）　010-85119023（邮购） |
| 经　　销 | 新华书店 |
| 印　　刷 | 北京朝阳印刷厂有限责任公司 |
| 开本印张 | 880×1230毫米　1/32　5印张 |
| 字　　数 | 112千字 |
| 版次印次 | 2019年11月第一版　2019年11月第一次印刷 |
| 标准书号 | ISBN 978-7-5012-6104-8 |
| 定　　价 | 38.00元 |

版权所有　侵权必究

（教育部备案）

上海外国语大学中德人文交流研究中心

系列成果

# 总　序

### 张　帆

　　大概是五年前，我参加了一场上海市政府决策咨询专家会，会议谈论的焦点多是经济发展、城市建设、社会管理、科技金融、文化产业等对接国家战略的应用性话题，文学俨然是这场学术盛宴中不合时宜的"零余者"。时代发展，对学者提出了更高的要求，一场"书斋里的革命"看似已是必然。可是，对于我这样一个多年从事德语语言文学工作的教书匠来说，学术转型，谈何容易。知识、思维、学养已然定型，离开文学本行的学术越界，无异于飞蛾扑火。思来想去，选定了一个较为折中的方向，姑且一试——围绕上海文化，立足文学阵地，利用德语优势，研究城市形象。

　　依照我的粗疏理解，文学形象学研究，尤其是跨文化的比较文学形象学研究，可以拓展文学研究的内涵，即从审美的途径延展到文化学、社会学、人类学、传播学、政治学等诸多领域。研究德语文学中的上海形象——乌托邦之美、恶托邦之罪、异托邦之实的书写，辨识小说中的"语词上海"与历史现实中的上海之间的叙述裂隙，揭示上海自开埠以来德国作家对上海的想象、夸饰、曲解和征用，进而分析德国文化之于上海

形象、海派文化乃至中国观念的建构和演变历程；同时，反观以上海形象为表征的海派文化在何种向度上因德语文学的传播，参与和影响了近现代德国现代性的构想和进程。就目前"上海学"研究而言，这是一个颇有挑战性的新话题。这一越界研究自然有其他学科无法比拟的优势，文学作为一个城市无可争议的精神地标，对于文化形态及其包含的文化关系的把握，其价值绝不在史学资料铺陈和社会田野调查之下，相反，其通过更有意蕴的审美感受，言有尽而意无穷的想象空间，在一定程度上展示出更为宏阔的价值和意义。

开埠后的上海作为东西方文化、传统与现代文明交汇之地，成为西方人对中国想象最典型的具象符号。毫不夸张地说，有"万国博览会"之称的老上海以一城之力投射全球风貌，是当时世界文学和电影的最佳取景之地。"上海主题"，或者更确切地说，"上海传奇"作为叙事母题曾风靡欧美，正如王德威在《想象中国的方法》中所言：小说之类的叙事文体，"往往是我们想象、叙述'中国'的开端"。[①] 而"上海，连同它在近百年来成长发展的格局，一直是现代中国的缩影"，是其他任何城市所难以匹敌的，它"提供了那用以说明现代中国已经发生和即将发生的新事物的钥匙"。[②] 因而，"上海"已不仅仅是一个单纯的地理名词、故事的背景，而是一个承载着丰富内涵的文化符号，构成故事的核心要素，拥有独立的叙述功能，

---

① 王德威：《想象中国的方法》，百花文艺出版社，2016年，第5页。

② 罗兹·墨菲：《上海——现代中国的钥匙》，上海人民出版社，1986年，第4—5页。

并"为它的书写者提供着语言、经验和叙述"。① 就此而言，"上海小说"充当了西方想象中国的重要媒介，作家们勾勒出一个个他们心目中的上海乃至"中国"形象，借用法国当代形象学家达尼埃尔-亨利·巴柔的说法：形象是一种象征性的语言，一种承载着特殊文化意义的符号。②

事实上，在中国现代性的进程中，大上海云谲波诡、风起云涌，改良在上海，革命在上海，运动在上海，战争在上海，改革在上海，发展在上海，奇迹在上海……中西方知识分子云集在天堂和地狱的交汇处、天使和恶魔的混居地，思想文化交互激荡，多语种"上海文学"应运而生，展示了"文学上海"的世界性：眼花缭乱的异域风情，荡气回肠的爱情体验，命悬一线的历险，光怪陆离的奇遇……那些浮动在叙事与人物之间难以言喻的风光与情调，成就了一个都市的传奇，更近于呈现老上海的原汁原貌，是任何怀旧照片和资料都难以还原的。多语种"上海传奇"的广泛传播，宣传和强化了人们对上海的固有印象——魔都、东方夜巴黎、冒险家乐园、十里洋场、地狱上的天堂……在西方主导的话语格局中，老上海被固化为愚昧落后的"被启蒙者"。正如巴柔所言："形象的一种特殊而又大量存在的形式"就是"套话"，而"套话"使得形象这一原本多义的文化符号逐渐演变为只表述单一文化意义的"信号"，从而建立起自我区别于"他者"的有效机制，并将在"二分法"

---

① 高秀芹：《都市的迁徙——张爱玲与王安忆小说中的都市时空比较》，《北京大学学报》，2003年第1期。

② 达尼埃尔-亨利·巴柔：《形象》，载孟华主编：《比较文学形象学》，北京大学出版社，2001年，第157—159页。

的对立或对照关系之中发挥作用。①

　　显然，"多语种上海小说"建构起的近乎"套话"的价值评判使上海形象屈从于"他塑"的尴尬境地，作为社会集体的想象物，套话"高度浓缩地表达了一个民族对异民族的认识和感受"，且"一旦形成就会融入本民族的集体无意识深处，潜移默化地影响着本族人对异国异族的看法"。②作为租界地的"宗主国"，英、法、日为母语创作的"租界小说"形塑了对上海的刻板性偏见。在已经大量译介的英、日"上海小说"或"上海叙事"作品中，各种陋习，举凡烟、赌、娼、淫戏、淫书、无耻、下流、邪恶、坑、蒙、拐、骗、买官卖官、流氓、拆白党、白相人，无一不涉及，而所谓崇洋、奢靡、浅薄，也几乎无处不在，不可避免地有丑化上海形象之嫌。

　　当然，对于文学图景中这种流行的"上海印象"，德语作家自然也是不遗余力的，现代德语中甚至衍生出了"Shanghai-Roman"——"德语上海小说"这样的专有名词，足见上海题材在德语文学界的兴盛。然而，德国在上海缺乏专有的租借地，加之一战失败的创伤记忆，以及上海作为犹太人流亡的避难之所、西德左翼运动的"乌托邦飞地"、东德意识形态阵营的伙伴等诸多原因，使得德国作家所构建的上海形象，在承继西方传统观念和套话的基础之上，又生发出新的主题、视角与手法，较之英美文学、日本文学等更具客观真实性、情感认同

---

　　① 达尼埃尔－亨利·巴柔：《形象》，载孟华主编：《比较文学形象学》，北京大学出版社，2001年，第158—160页。

　　② 姜智芹：《欲望化他者：西方文学中的中国形象》，《国外文学》，2004年第1期。

性、审美复杂性、文化多元性，呈现出多彩斑驳的"上海形象"，并将海派文化这一"中国现代性"的理念和形态呈献给德国民众。形形色色的"文本上海"在对传统东方想象的解构与戏拟之中，在现代主义或后现代主义的叙事之中构建新的中国知识与想象，赋予现代德国文学对东方名城——上海的独特想象、文化记忆和历史镜像，在总体趋向性中形成了观照上海历史文化与现代性的"德意志视角"。

近年来，我已搜集"德语上海小说"百部/篇，但迄今为止，国内几乎未有译介；概因此类作品大多取材凡俗市井生活而被归为通俗文学，而难入"经典文学"之列，导致少有学者问津。但事实上，通俗文学作为一种模式化的"类叙事"，更能集中展示和承载海派文化的物象化表征，对研究德语文学如何在内容和理念上构建上海城市形象，并受到海派文化的反向传播与影响，是绝佳的素材。

三年前，我和我指导的学术团队开始着手翻译和研究这些精彩的德语上海小说，先期出版"德语上海小说翻译与研究系列"十五部，以飨中国读者。该系列德语上海小说经过精心挑选，故事性和可读性强，主要涉及侦探、言情、商战、革命、抗战等题材，以跌宕起伏的好莱坞电影式情节引领了当时德国民众的阅读热潮，如今也将以其异域情调的叙事风格、独特的叙事视角以及丝丝入扣的情节吸引中国读者。它们一改德语文学思辨艰涩的风格，以简洁写实的笔调多维度、立体式呈现洋人、内地人、本帮人、犹太人之间的文化冲突、爱恨纠葛、家国情仇，生动还原了老上海的社会百态与人文风貌。

安娜·西格斯（Anna Seghers）是前民主德国作家协会主

席、享誉世界文坛的反法西斯作家。《安娜·西格斯中国作品集》辑录表现中国革命的小说、杂文、书信、演讲等，其中多篇作品以上海为叙事背景，在国内鲜有译介。如与中国女作家胡兰畦合写的《杨树浦的五一节》，讲述杨树浦的工人代表为庆祝"五一国际劳动节"策划罢工和示威游行的故事。《驾驶执照》以二十世纪三十年代初日寇入侵上海为背景，讲述一位被俘的中国司机与日本军官同归于尽的事迹。《计秒表》中，以泽克特将军为首的德国军事顾问为国民党出谋划策打内战，但冲锋号吹响后，士兵们却调转枪头，反戈相向，为正义和光明而战。

理查德·许尔森贝克（Richard Huelsenbeck）是德国达达主义主要创始人之一，小说《中国审判》是一部达达主义杰作，讲述了天真烂漫的德国少年埃米尔·布莱克尔曼和饱读诗书的维尔·施拉姆被投机商诓骗来到德国军火走私船"贝克尔市议会号"谋生，却遭到逮捕，审判释放后的两个人开始了在香港、上海等地颠沛流离的求生之路。他们所到之处，在华外国人的百态生活一一呈现：有的倾家荡产、有的成为替罪羊、有的投机发财、有的惨死战场、有的沦为流浪汉，怀揣发财梦的殖民者苟延残喘，前途堪忧……

弗里德里希·李希特内柯（Friedrich Lichtneker）的《台风登陆上海》以德国人的视角原汁原味摹写出二十世纪二十年代老上海的寡头政治、白人权力和工人革命的风貌。有人绝望地死去，有人一蹶不振，有人飞黄腾达，有人出卖爱情，有人丧失人格乃至国格，每个人的欲望、野心和爱情在一场革命飓风之后，该如何清算……

瓦尔特·佩尔西斯（Walter Persich）的《在上海做出决定》则讲述了一场德国人、中国人、日本人、俄罗斯人在上海、汉口、矿山小镇三地悄然展开的铁矿商战，官员、政客、商人纷纷卷入这场漩涡之中，争权夺利，国家博弈。与此同时，瘟疫的阴云笼罩在小镇上空。这一切是天灾还是人祸？德国商人普莱姆一行人能否带领小镇战胜瘟疫、让工厂重现生机？所有人的爱情和命运出路何在？中国，能否摆脱任人摆布的命运？决定，是否会在上海做出呢？

彼得·施特伦茨（Peter Strunz）的《上海要将我吞噬》背景是1940年前后的上海滩，那里暗流涌动，黑帮势力猖獗。小说标题向读者暗示，主人公的上海之旅暗藏着不安、危险和意外。为什么上海黑帮会绑架施特伦茨这个异乡人？遭遇袭击后的施特伦茨又经历了什么？朋友杜穆深这位神秘人物的真实身份是什么？在真相大白之后施特伦茨又会做出什么选择？小说情节紧凑，悬念迭生。"外滩""汇中饭店""黄包车""黑帮头目"这些打着时代烙印的符号在这位德国作家的笔下显得熟悉而陌生、真实又虚幻。

胡戈·科赫尔（Hugo Kocher）的《苦力、走私犯与强盗——一则来自中国的小说》讲述了年轻的德国神父帕特·赫尔穆特在上海布道、救赎穷人的经历。当时的上海风起云涌，各色人等三教九流，赫尔穆特周旋其间，竭尽所能，不辞辛劳，给远在大山中的传教分站运送补给品。此时，给予他帮助的商人魏路请求神父帮他捎带一些神秘的箱子。魏路究竟是敌是友？神父赫尔穆特在执行任务时会遇到哪些威胁？他在上海的传教之路最终又会走向何方？

弗里德·略夫（Friedel Loeff）的侦探小说《上海恶魔》讲述了一个迷雾重重的案件：英国伦敦的一家诊所内，一名染上怪病的年轻人不治身亡，由此牵涉出另外三起死亡症状极其类似的病例，死者生前均在中国居留些许时日。极具侦探天赋的外交官约翰·罗伊前往上海调查此案。四名死者在上海居留时均出没于一名中国医生的社交宴会和舞会。罗伊以此为线索，一步步抽丝剥茧，最终将狡猾的犯人绳之以法。

罗伯特·雅克斯（Norbert Jacques）的《上海商人》讲述了一出惊险曲折的三角恋，既有东方神秘色彩的马来西亚魔法——血咒，又有中国玄学的意念操控，还有一系列谋杀中国人的案发现场，身心疲惫的男主角奈伊深陷爱情泥潭，又面临谋杀指控，最终洗脱罪名，在恐惧中与心上人逃离魔都上海。

君特·艾尔弗雷德·海因内克（Günter Erfried Heinecke）的侦探小说《上海来客》讲述了一起有关珠宝遗产的连环杀人案。诡异的事情接二连三地发生，几位合法继承人相继离奇横死。作为遗产托管人的律师协助警方查案，接连发现的证据指向两位来自上海的客人。这两位可疑的上海来客身上究竟隐藏着怎样的秘密？杀人凶手能否被绳之以法？连环谋杀案又与那座神秘的东方都市有着怎样的联系？

阿弗雷德·施洛考尔（Alfred Schirokauer）的《上海枪声》讲述了在闭塞的修道院内长大的德国女孩伊莎·霍费尔来上海投亲不成，举目无亲的她遇人不淑，不谙世事的德国少女与沉沦堕落的俄国瘾君子在繁华乱世的"东方巴黎"上演了一段荒诞而又离奇的际遇。东方与西方、闭塞与开放、落后与进步、善良与邪恶、文明与杀戮在上海错位交织……

恩斯特·阿道夫·比尔克豪泽（Ernst Adolf Birkhäuser）的《上海女孩》是一部带有浓厚东方元素的爱情悲喜剧。爱情围绕着眼睛的失明、复明，以及通过手术消除恋人之间种族和血统的差异展开。来自上海富商家庭的女主人公经历人生劫难，对自己的民族以及身份又会产生何种新的认识？跨越种族的爱情能否最终开花结果？

威廉·野原驹吉（Wilhelm Komakichi Nohara）的《埃尔文在上海——一则来自中国动荡年代的故事》以一对德国父子的视角描述他们在上海的所见所闻以及他们救助上海百姓免遭日军战火之苦的艰难历程。书中对于中国传统建筑、文化艺术的描述生动有趣，以德国人的独特视角还原了风韵犹存的老上海风貌。

乔·雷德勒（Joe Lederer）的儿童文学作品《阿凡在中国》围绕瑞士少年阿凡与中国少年阿程之间的友谊展开，他们从最初的互相看不顺眼，到后来成为朋友，再到后来一起经历劫匪事件，两个人相互陪伴、共同成长，纯真的友情不分国界。小说故事发生在二十世纪三十年代的上海，充满浓浓温情，有亲情、有友情、更有人间真情，是一部刻有浓厚老上海印记的德语儿童文学作品。

乌尔苏拉·梅尔彻斯（Ursula Melchers）的小说《蕾娜特和比尔在上海》以第一人称讲述了德国小女孩蕾娜特在上海的成长经历，及其与英国少年比尔的真挚情谊。两位小伙伴为寻找一份遗失的重要文件，在上海滩冒险游历，见识了上海的民生百态。上海沦陷后，比尔历尽艰难险阻，逃离日本人的魔爪，逃亡前夜，他与蕾娜特约定和平时期再见。战争结束后，蕾娜特一家被引渡回德国，离开了被她视如故乡的上海。多年后，她突然收到一封中国老熟人的信，这封信里究竟写了些什么？蕾娜特为何激动不已，动身前往东方……

汉斯·海因茨·辛茨曼（Hans-Heinz Hinzelmann）的自传体小说《哦，中国：古老道路上的国度——由西向东生命之旅的真实发现》，用富有表现力的语言形象地再现了一个流亡至上海的犹太难民的命运。读者透过作者的第一人称视角，体味犹太难民生活的艰辛，感受主人公最初遭遇文化冲击时的不安和惶恐，并领悟他逐渐理解并接受异乡文化的过程。通过辛茨曼的叙述，中国读者们或许可以从别样的视角加深对本国文化的了解，并对二十世纪三四十年代的上海都市风情略窥一斑。

弗兰西斯卡·陶西格（Franziska Tausig）的自传《上海船票》以细腻质朴、略带幽默的语言真实地描绘了身为犹太难民的女主人公跌宕起伏的一生，塑造了一位勤劳乐观、坚强勇敢的独立女性形象。自传中不仅生动地刻画了众多犹太流亡难民的人物形象，还讲述了各国人民在上海的生存故事，勾勒出一幅千姿百态、繁冗复杂的上海多元文化景观。值得一提的是，德国当代女作家乌尔苏拉·克莱希尔（Ursula Krechel）的著名长篇小说《上海，远在何方？》中的女主人公便是以弗兰西斯卡·陶西格为人物原型创作的。

此外，鉴于"犹太难民在上海"的文学文本相对匮乏，我们编选翻译了《上海犹太流亡报刊文选》，所涉报刊主要收藏于德意志国家图书馆和美国犹太研究机构，国内现有可用馆藏极少。二战时期，犹太流亡难民在上海创办了五十余种报刊，我们从其中五份主要德语报刊中臻选出"以上海为叙事主题"的小说、杂文、诗歌等文学作品共一百四十余篇，犹太文化与海派文化历史性交汇与碰撞，呈现出犹太难民感受上海、认识中国、反思自我的心路历程，身处上海的犹太难民之境况悉汇于此。

阅读这些德语上海小说，"上海性"被重新"发现"。外滩大楼、上海大厦、国际饭店、摇着小铃铛的有轨电车、老年爵士乐、百乐门舞厅、咖啡店、石库门、新式里弄、南京路、上海青楼、黑帮大亨、风月明星、阿飞艳史……"魔都"上海作为现代性、国际化大都市的繁华魅影和"上海味道"一览无余，异国文学中的上海文本，以"他者"视角揭示上海作为城市文化载体的多维立面与意义，从而在跨文化的城市叙事之中观照作为中国现代性滥觞的上海文化在"他者"眼中的想象与构建，进而在对异文化与自我文化的镜像式双向审视之中重新探讨、界定上海之于中国现代性的历史及文化意义。

德语"上海小说"无疑是研究不同时期上海乃至中国历史文化的重要文献，对此进行研究将对深化和丰富中国文化的自我认知模式大有裨益。本德语上海小说系列大多创作于二十世纪三四十年代，且均为通俗小说和畅销书。这些通俗小说文本在其对日常生活与细节的描述之中成为见证现代上海的重要文献，具有重要的史料价值和学术价值，并将极大丰富和推动德语文学乃至西方文学中的上海形象研究。与此同时，透过文本"夸饰"与"误读"上海形象背后的文化动力路径，有助于中国学者探究这一时期德国的精神文化与民族心理。由此，对现代德语"上海小说"的阅读研究无疑将促进中德文化交流与理解，具有重要的现实意义。

此外，在德语上海小说系列翻译的基础上，我们撰写了研究论著《德语文学中的上海形象》，对近四十部作品进行详尽解读，一是便于读者对德语上海小说有更加深刻的赏析和理解，二是推进挖掘德语上海小说的学术价值，为今后出版《德语上海小说研究文库》奠定基础。

"德语上海小说翻译与研究系列"作为（教育部备案）上海外国语大学中德人文交流研究中心的系列成果推出，值此出版之际，我要特别感谢上海外国语大学党委书记姜锋教授、科研处处长王有勇教授、德语系主任兼中德人文交流研究中心主任陈壮鹰教授、德语系党总支书记谢建文教授的亲切关怀和鼎力支持。诚挚感谢我的导师卫茂平教授，铭记先生教诲，未敢丝毫懈怠。感谢德国弗莱堡大学Achim Aurnhammer教授，柏林自由大学Anne Fleig教授、Almut Hille教授，海德堡大学Gertrud Maria Rösch教授的学术交流与合作；感谢德意志学术交流中心（DAAD）外教Gabriele Otto博士、Maike Lechner女士，奥地利学术交流中心（ÖAAD）外教Andrea Plank女士的语言帮助。感谢国家"万人计划"青年拔尖人才项目、上海市"曙光计划"项目、上海市"浦江人才"项目对相关学术研究的资助。衷心感谢世界知识出版社章少红总编辑的鼎力支持和贾如梅编辑为审稿所付出的辛勤劳动。还要感谢参与丛书翻译和校对的每一位团队成员，她们虽然水平有异，但专注、认真、负责的态度，都值得称赞。因小说原作多为二十世纪上半叶的德语旧文，翻译过程中，颇费踌躇的困难不少，如方言俗语、生僻旧字、花体印刷等，虽然我们尽心耗时，细致推敲，勉力而为，但粗疏错漏想必难免，敬请读者批评指正，见谅海涵。

2018年7月于海德堡

# 译 序

德国作家阿弗雷德·施洛考尔（Alfred Schirokauer）以二十世纪二十年代的上海与香港为时代背景创作的小说《上海枪声》（Schüsse in Shanghai）出版于1932年。小说主人公伊莎·霍费尔是个单纯善良、对未来充满幻想的德国女孩。伊莎从小父母双亡，在巴伐利亚一座寂静的修道院内长大成人，唯一的亲人是远在上海经商的舅舅卡尔。自幼时起，上海在伊莎心中便是一座繁华如梦的东方大都市，勾起伊莎无限的渴念与向往。因而，当卡尔舅舅来信请伊莎前来上海相伴左右、共享天伦时，伊莎欣然前往。伊莎只身前往上海寻亲，不想舅舅却在自己到达之前已染上霍乱身亡。远渡重洋来到上海的伊莎得知唯一的亲人已然亡故的消息后，内心凄苦迷乱、不知所措，只得任由心怀叵测的苦力车夫拉载着穿梭在外滩的繁华喧嚣与中国城的破败污浊之间。突如其来的一发子弹击毙了拉载伊莎的苦力车夫，也给这个单纯无辜的德国少女在这座东方大都市里的命运蒙上了重重未知的迷雾，故事也随即围绕着主人公的命运之谜而推进展开。

小说《上海枪声》无疑归入通俗文学或消遣文学之类，通俗小说的一个重要标志是其叙述对象为"经过类型化处理的人与事"。[①] 小说以关乎人类基本情感与需求的爱情与情欲为主题，杂糅以悬疑、异域情调等大众喜闻乐见的"奇""异"要素，情节一波三折、悬念迭起，叙事清晰紧凑、张弛有度，因而极具可读性和消遣性。小说中的上海作为情节展开的场所，并非是对上海真实城市空间的再现，而是一种类型化的文学想象。而在异国题材的小说中，对于人、事、景的文学表现难免涉及异国或异国城市的形象问题。

从比较文学形象学的视角来看，形象是某一文化对于另一文化的总体性想象与构建，是一种深入到文化心理与思维潜意识的"社会总体想象物"，其本质是"对两种类型文化现实间的差距所作的文学的或非文学，且能说明符指关系的表述"。[②] 形象是一种象征性的语言，一种承载着特殊文化意义的符号。法国当代形象学家巴柔将"形象的一种特殊而又大量存在的形式"称为"套话"，"套话"使得形象这一原本多义的文化符号逐渐演变为只表述单一文化意义的"信号"，因而是对一种文化的简化与概括。"套话"是自我区别"他者"从而建立自我认知的有效机制，这种机制通过将本土文化与他者文化置于"二分法"的对立或对照关系之中发挥作用。[③]

自启蒙运动以来，"东方与西方、古代与现代、自由与专政、进步与停滞、文明与野蛮等二元对立框架"[④] 既已成为西

---

① 孔庆东：《通俗小说的流变与界定》，载《文学评论》1996年第1期，第44页。

② 达尼埃尔-亨利·巴柔：《形象》，见孟华主编：《比较文学形象学》，北京：北京大学出版社，2001年，第155页。

③ 同上，第157—160页。

④ 周宁：《天朝遥远：西方的中国形象研究·前言》，北京：北京大学出版社，2006年，第12页。

方认知与想象东方的基本模式。随着西方工业文明的崛起，中国在西方的东方想象中愈渐成为西方自我想象的负面性镜像，"野蛮"成为西方想象和表述中国的流行套话，经由在地化的叙事呈现出一个个相异又相似的中国形象。而这些形态各异的负面的中国形象，汇集成一套由特定语词、修辞手段、意象等构成的体系，赋予"野蛮""愚昧""贫穷""落后"等修饰性语词以中国特征。以这样的中国形象为前提，中国人的形象同样是以广为流传的经典套话（如"付满楚""中国佬约翰""异教徒中国佬"[①] 等）为原型的种种变形。

异国形象作为被简化的文化符码，在构建与想象之中往往是均质的、单一的，但是异国城市所传递的文化信息却有可能同这一形象有所抵牾。对西方而言，上海便是一座无法纳入简化的中国想象之中的异国都市。上海自开埠以来迅速形成了"十里洋场"的繁华盛况，到二十世纪二三十年代更是成为世界第六大城市，以"东方巴黎"之称而享誉中外。[②] 在此背景之下，上海作为一个摩登都市的现代性文化逻辑自然无法为西方的观察者与想象者们所忽视。"现代"与"文明"是西方在观察与表述东方中自我确证的特质，是与理性、文明与进步紧密相关的西方文化的自我认同，在与作为古代的、落后的、野蛮的、非理性的东方相较时，是均质的、统一的。但在西方不得不面对一个东方城市所呈现的现代性与文明之时，这

---

① 参见姜智芹：《欲望化他者：西方文学中的中国形象》，载《国外文学》2004年第1期，第47—48页。

② 参见吕超：《海上异托邦——西方文化视野中的上海形象》，哈尔滨：黑龙江大学出版社，2010年，第31页。

种均质和统一的想象便不复存在。上海作为一个华洋杂处的社会空间，在中国半殖民地半封建社会的特殊历史条件下形成了独特的"城中之国"的政治文化格局。英、美、法等西方国家在上海的租界内具有一定的独立性与主权，日本侵占上海之前的租界因而在某种程度上可视作西方世界的缩影。在同东方现实社会与历史的切近接触与交流中，这一处在远东世界中的"微型西方"在西方的自我叙述与想象中仍然是自我体认与确证的工具，通过构建东西方差异、贬低东方而构建正向的自我认同。此时，上海这座复杂的国际大都市所呈现的中国特性被构建为西方的对立面，想象为原始、野蛮、落后的文明与文化。东西方二分与对立的文化想象模式在这里仍然奏效，只不过此处截然对立的东方与西方文化并存于上海这座东方大都市之中。

而当西方叙述与书写上海的现代性与文明之时，尽管其笔下的上海仍逃脱不去负面形象，但这种负面形象的构建却难以再简单地被纳入西方与东方、进步与落后、现代与传统、文明与野蛮等对立的文化逻辑之中。上海租界内极度发达的物质文明与半殖民地社会的历史条件相作用，使得西方人在此拥有更多自由与空间。由此，在西方的上海想象中，上海充满了机遇与可能性，是冒险家和投机者发家致富的天堂；意味着"充满着可以打破禁忌、自由放纵、回归原始的期待"，[①]是纵情声色、纸醉金迷的娱乐场；杂糅着东方与西方多国的文化特征，是色彩繁复鲜艳的文化马赛克，妖娆多姿，洋溢着浓郁的异域

---

① 陈晓兰：《原始与现代：上海的双重面貌——20世纪早期中西作家对上海的不同想象》，载《中国比较文学》2005年第1期，第105页。

情调。因而语词间的上海，尤其是那些供人消遣的流行小说文本中的上海，在其离奇艳丽的种种想象背后，投射的是进入工业文明的西方社会无意识的欲望。欲望总是与非理性、原始与野蛮等属性相关联。现代人的欲望本随着现代文明与现代社会的发展而滋生，是正向定义的现代性，即理性、文明、进步与科学等属性的反题，却也是现代性一体两面逻辑的一部分。理性、文明、进步与科学是西方自我认同的核心，因而被界定为非理性、原始与野蛮的东方都市又常常被其视作污染与威胁西方文明与文化的罪恶之地。此时，上海这座城市的"非理性、原始与野蛮"并非仅仅是对租界外上海传统农耕文明的贫穷与落后的叙述与表现，更是一种扭曲、丑化与妖魔化，它表现了旧上海这座东方大都市畸形的繁华，与这座城市的罪恶——恐怖的犯罪与阴谋——和堕落——妓院、鸦片馆以及各种娱乐场所所代表的无节制的纵欲与狂欢——紧密相连。总而言之，西方借书写东方都市表达其欲望，又借对东方的拒斥表达其对于自身欲望与城市文明所自含的阴暗面的恐惧与不安。

无论是兼具东西方文化逻辑的综合体还是欲望与威胁的结合体，西方文化想象中的上海总是分裂与对立的。俄罗斯著名文学理论家洛特曼在《文学文本的结构》一书中强调了文学文本中的空间所具有的组织性功能，文学文本中的空间范畴与一种文化的世界观或"思想模式"相互关联，形成一种拓扑结构的语义场：比如，"高—低"常与"好—坏"相对应，"近—远"常与"熟悉的、自我的—陌生的、他者的"相对应等。① 文本

---

① Vgl. Jurij M. Lotman: Die Struktur literarischer Texte, übers. von Rolf-Dietrich Keil, 2. Aufl. München: Wilhelm Fink Verlag, 1981, S. 313f.

*18*

空间背后的意识形态模式或世界观不同，空间与语义形成的拓扑结构也随之有所差异。在茅盾的小说《子夜》中，"上海—上海周边的乡村"空间范畴与"国家民族未来与时代潮头—旧中国与历史"的语义对应勾连。[①] 而在西方的通俗小说中，租界作为二十世纪二三十年代上海最为重要的空间处所，是划分与切割上海城市空间的分界线。租界内部是洋人聚居的"西方世界"，是"文明的象征"，进而与美丽、整洁、安静、安全等属性相关联；与此照应的空间范畴则是租界之外中国人居住和生活的东方世界，多为野蛮与落后的象征，因而是肮脏、混乱、喧闹、破败与落后的，既洋溢着情欲的诱惑，又充满着致命的威胁。

小说《上海枪声》中充满了语义对立的空间范畴——德国（亲切的故乡）—上海（陌生的远方）、繁华的外滩大道（繁华艳丽）—昏暗僻静的小巷（混乱堕落）、欧洲别墅区（安全）—中国城（危险）、租界（文明法制）—城郊乡村（野蛮的民族主义）、上海（中国）—香港（英国）。空间的对立与分割成为小说叙事与情节结构的重要组成部分。对立与差异意味着界限与边际，小说的叙事和情节正是以文本空间所构建的拓扑结构为依托，在不断越界之中得以推进。

美丽单纯的女主人公伊莎·霍费尔从德国深山之中的一个修道院来到上海这座"亚洲最混乱的城市"，这一越界构成小说情节的前提与文学空间的基本结构。对于女主人公伊莎而言，上海曾是一个"她打记事起就知晓"的"童话"，一个遥

---

① 参见张鸿声：《文学中的城市"与"城市想象"研究》，载《文学研究》2007年第1期，第121页。

*19*

远梦幻的东方都市；与此同时，上海也是唯一的亲人卡尔舅舅居住的城市，其未来的归宿。然而，从小说在主人公的内视角和全知视角的转换间可知，文本空间中"真实的上海"却是"亚洲最混乱""疯狂危险"的。借此，小说的文本空间出现了想象与真实之间的对立，并通过"伊莎·霍费尔，这个对世界一无所知的女孩，正孤单一人前往遥远亚洲那个疯狂危险的城市"和"伊莎还没有料到自己处境危险"等全知视角的预叙事，以及略显夸张与矫饰的强调与重复，营造一种悬念与紧张的氛围。

伊莎乘渡轮接近上海这座城市之时，叙事者借主人公的视角对上海做了如下描述："外滩，这条'东方巴黎'繁华的沿江大道，连同它两侧罗列的石砌宫殿、穹顶大厦，万千扇灯火闪烁的窗门一道，赫然跃入眼帘"；"毫无预兆地，她就被抛入这座东方国际大都会勃然跳动的心脏里。就在她的眼前，无数汽车驰骋如飞，白色有轨电车隆隆前行，蓝色公共汽车咔哒有声，黄包车快步如风，人群扰攘奔忙"。然而当伊莎乘坐黄包车愈渐远离外滩、深入城市内部时，这种如梦如幻的叙事与情调便悄然离场。行至南京路商业街，这里的繁华扰攘便不再是令人叹为观止的都市物质文明景观，而是充斥着情欲气息的异域情调；灯火通明的商业街上，赤裸上身的亚洲男子、幽暗的旁支小巷内来往不绝的"怪异女子"、暧昧的灯光与彩旗，都使得上海"弥漫着一种撩人的色欲气息"。情欲是贯穿小说始末的主题，而此处暧昧撩人的情欲在苦力车夫的干预之下——苦力车夫在得知伊莎的亲人遭遇不测后欲将其诱拐至江边的窑子里——成为一种被迫走向堕落的威胁。伊莎在苦力车夫中枪之后惊慌失措，奔逃至大马路（南京路）——"上海黄浦江边最堕落的城区"。从欧人聚居区到大马路的越界使伊莎遇见了小说的另一关键人物——菲尔金，一个沉湎于鸦片与肉欲的俄国商人。

菲尔金是一个越界式的矛盾人物，象征着对欧洲文化的偏离。菲尔金是"那些在远东闯荡的能干的欧洲先驱之一"，曾是白人男性中的翘楚，后"被鸦片的恶魔攫住"而身心俱毁、沉沦堕落，时常在黄浦江边肮脏淫乱的场所挥霍欲望。德国少女伊莎的出现似乎给被鸦片荼毒与损害的菲尔金带来了救赎的希望，但鸦片致狂致乱的作用使菲尔金对象征纯洁与希望的少女产生了不可遏制的情欲和渴望。而在伊莎眼中，菲尔金虽然脾气古怪，但他身上沾染的东方气息——神秘与浪漫——却深深地吸引着她。伊莎的造访致使菲尔金终于情难自抑而扑向她，进而发生了菲尔金抓住伊莎手中自卫的匕首而刺向自己的戏剧性情节。

在作者笔下，上海这座城市的负面形象不仅仅在于其堕落放纵的情欲，还在于其对西方或欧洲深深的敌意，而为表现这种敌意的描述和意象塑造和构建了"中国城"这一城市空间。"中国城"里阴森恐怖、破败脏乱，里面居住的中国人衣衫不整、臭气熏天，且充满"敌意谩骂的愤怒"，是富丽堂皇的外滩与美丽舒适的欧洲洋房的反面，成为小说主人公恐惧的来源。伊莎进入到"中国城"内，看到那些"陌生可怕的生物"，而"她本性之中的一分一毫都与之全然不同"。由此不难看出文本空间背后西方（文明、现代）—东方（野蛮、落后）的地理文化逻辑。而中国民族主义的觉醒更被视作对欧洲的威胁，

21

拉载伊莎的苦力被误当作罢工破坏者而遭枪杀，表明那个年代上海的政治局势混乱以及民族主义者暴力行动的活跃。菲尔金自杀身亡，伊莎手里握着沾满血迹的匕首惊慌奔逃，从而被认定为杀人嫌犯，关押在中国城的监狱内。由于菲尔金的住宅位于租界之外，因而伊莎须交由中国法庭审判，命运堪忧。

施洛考尔笔下的上海纵使极尽繁华，其本质仍是东方的；而作为英属殖民地香港则不然，它身处于东方，却似乎更偏向于西方。伊莎"打一开始就爱上了香港"，"热烈地爱上了这个遍布拱门与柱廊的城市"；登临太平山顶，"一种家乡的感觉触动着她"。在对香港的描述中，唯一与中国有关的事件是全国上下抵制英货的相关运动。描述这一社会历史形势在此处也并非为反映中国的局势，而是借此表现兰瑟姆——与伊莎产生爱情纠葛的英国男子——为达目的不择手段的性格特征。当伊莎从上海来到香港，她所面临的不再是关乎生死的生存性问题，而是关于激情与道德的抉择性问题。

小说作者阿弗雷德·施洛考尔是德国作家、编剧与导演。施洛考尔生于1880年，曾在英国接受基础教育，后在汉堡大学就读并获得法学博士学位，之后从事律师职业七年。期间，他于1904年发表第一部小说《伊尔泽·伊森赛》(Ilse Isensee)，此后又有多部小说问世，大多为通俗小说，其中一些被拍成电影，如《禁忌之爱》(Unmögliche Liebe)。此外，他还创作了关于费迪南德·拉萨尔、拜伦、拿破仑、卢克雷齐娅·波吉亚等历史人物传记小说，这些传记小说是施洛考尔最成功的作品，至今仍再版发行。自1912年起，施洛考尔给慕尼黑莫弗电影公司和艾默卡电影公司撰写剧本，二十世纪二十年代成为德国最著名的电影编剧之一。他同德国著名演员兼导演赖因霍尔德·勋策尔有过多次合作，曾担任德国电影编剧协会会长，也曾亲自导演电影。纳粹上台后，具有犹太血统的施洛考尔流亡荷兰，后又流亡维也纳，1934年病逝于维也纳。

**小说主要人物（按出场顺序）：**

伊莎·霍费尔，一个德国女孩

卡尔舅舅，伊莎·霍费尔在世上唯一的亲人

伊万·菲尔金，俄国商人

威廉姆·瑞安，卡尔舅舅在华公司合伙人

陈阿东，茶叶批发商

莱昂内尔·费尔曼，英国律师

埃德温·兰瑟姆，瑞安香港分公司主管

丽塔·伊斯兰德，兰瑟姆的女友

# 1

"科隆号"平缓驶入了长江口。江水肮脏泛黄，江面宽阔无边，阴森可怖。

伊莎·霍费尔倚靠着船舷，脸色苍白，嘴唇颤动，沉浸在古老童话变幻成真的神秘气氛中。这童话在她心中古老久远，她打记事起，就知晓这童话，它几乎一路伴随她长到十九岁——一个对未来充满期待的年纪。

在她还是孩子刚能记事的时候，卡尔舅舅和上海的故事就像神话般流传开来。每年的生日和圣诞节，卡尔舅舅——这个她在世上唯一的亲人都会从上海往巴伐利亚深山里这个宁静的修道院学校寄来一个神奇的大包裹。那些贵重的礼物很是真实，但对还是小姑娘的她来说，卡尔舅舅就如同巴格达的哈伦·拉希德[①]和羽毛世界中的霍勒太太[②]那么遥远。

她长大一些后，从地理书中了解了上海，但她同这座城市间的距离却并没有因此而拉近。尽管这时候她给他写了许多热情洋溢的感谢信，但远在亚洲的卡尔舅舅始终是一个浪漫式的人物。就是很多年以后，当她在自己长大成人的修道院学校里成为年轻的教师、生动形象地在地理课上讲起上海时，那个所

---

[①] 阿拉伯帝国阿拔斯王朝最著名的哈里发，因世界名著《一千零一夜》生动地渲染了他的许多奇闻轶事而为众人所知。——译者注

[②] 格林童话中的人物。——译者注

谓的"东方巴黎"，还有卡尔舅舅，都始终是梦幻撩人、却又不可企及的远方。

然而有一天，卡尔舅舅来信了，他深情殷切地呼唤侄女的到来，并随信附上了旅费。这一封信的到来，在巴伐利亚湖边这座熏香萦绕的女修道院内惹起了骚动。在它五百年的历史中，还没有一个正式或未受圣职的修女曾经跨出过它的灰色围墙去往上海。面对周遭的嫉妒、忧伤和疑虑，伊莎退避躲进那个自己度过童年、渐渐长大成人的房屋里。

她抬眼望去。河流两岸越来越窄。这里已不再是宽阔无边的长江。"科隆号"驶进了黄浦江——长江的一条支流。黄浦江不如长江壮阔，但仍是一条大河，沿江延展开去的便是上海这座城市。

轮船在两岸茂盛的草地间行驶着，涡轮机呼呼转动，对抗着逆流的激浪。岸边零星几处，隐约可见些许隐没在草丛中的灰色弧顶房屋。

顺江而上，伊莎将急切的目光投入傍晚红彤彤的雾气里。那远处就是上海了，卡尔舅舅，她母亲的兄长，她从未见过的舅舅，正在那里等候着她。卡尔舅舅是她童年时代的哈伦·拉希德，是她自成年以来就竭力在脑海中勾勒形象的遥远神话；他思念着她，想从此将他唯一的血亲留在身边，留在他上海的童话宫殿里。

江面上此时活跃起来。汽轮船呼哧哧地迎面驶来，一条条帆船高高翘起五颜六色的船头，扬着硕大的风帆，悄无声息地滑过他们身旁。河岸上也热闹起来，充斥着一种狂热的忙乱。无数的造船厂里叮叮当当地敲锤不停；各个仓库里人群奔走，吵吵嚷嚷，无休无止。

当岸边白晃晃的灯光亮起时，天立刻就黑了下来。轮船一个向右急转，就好像从偏僻小巷来到了大城市灯火闪耀的大道上。好似变戏法一般，外滩，这条"东方巴黎"繁华的沿江大道，连同它两侧罗列的石砌宫殿、穹顶大厦、万千扇灯火闪烁的窗门一道，赫然跃入眼帘。

毫无预兆地，她就被抛入这座东方国际大都会勃然跳动的心脏里。就在她眼前，无数汽车驰骋如飞，白色有轨电车隆隆前行，蓝色公共汽车咔哒有声，黄包车快步如风，人群扰攘奔忙。她站在滑行着的甲板上看这东方大都会扰攘的夜景，就好像置身于一个舒适的移动画廊。

轮船紧贴着黄浦江岸前行，这座城市的主体沿江分布，它的每一个细节都尽收眼底。

这并不是伊莎在漫长的"科隆号"之旅中第一次见到亚洲城市，但上海这座国际大都会与她途中曾见到的科伦坡、槟城、新加坡等港口小城全然不同。她激动不已，因为旧日的梦想成真，因为眼前的城市至此时起将永远成为她的住所、她的家乡了。

轮船继续沿江而上，驶向右岸的停泊处。外滩的灯火之潮渐渐隐灭，轮船又重新漂荡在黄浦江中了。

轮船即将抵达，甲板上骚动不安，乱成一片。乘客们或寻找各自正将行李从客舱内拖至甲板上的乘务员，或三五成群，彼此道别，承诺绝不忘记新交的友人。

伊莎站在她的小箱边上，没有太多人要去道别。因为胆怯怕生，整个旅途之中，她几乎都是独自一人，甚至同一位热心

3

的女士也几乎没说过几句话,只是独自在船位中幻想着她的未来。这毫无征兆、突如其来的未来打破了她在修道院里的宁静生活。

船上的旅客行色匆匆,有几个人冲她友好地点点头、打招呼。她回应了他们的问候,激动得脸色苍白。她将目光投向船外,轮船两侧黑漆漆、油腻腻的两行冒着白沫的江水正向后退去。

远处,在左侧,一个弧光灯照亮的白点在轮船越行越近中逐渐扩大成一块铺石的方形区域。靠岸之处——码头。人们在靠近,缆绳被抛起,喊叫声刺耳,划破黑夜。几百个身影,赤裸上身,在船下看似无序地四处奔走、叫喊、招手;他们抓起缆绳系在凸起的铁柱上,卷下迎接的铁桥——铁桥在石墩上闪着金属的微光,起吊机尖锐地吱嘎作响。排列紧密的竹梁边,上百个苦力正在为开往日本的货舱扛运新货物。"哦嘿!哦嘿!"——空气在他们的呐喊中震颤,他们似乎想借此为自己打气,以减轻身上不堪的重负。就在轮船停泊之前,这些搬煤工还踩着厚木板背着黑色麻袋跳上轮船。

然而伊莎却并没有注意到这所有的一切,她水汪汪的双眼中迸射着热切的期待,急切地在船下铺石路面上站着的一小群欧洲人中搜寻着。他们中的哪一个是卡尔舅舅呢?两人初次见面的时刻,她已在脑海中经历了数遍,她想象着自己见到这个世界上唯一同她血脉相连的人,想象着自己怀着感激、孩子般无限亲密地扑进他的怀中。

船跳板放了下来,那些欧洲人登上了船。伊莎赶忙跑到下层甲板上,这里有跳板通到船下。

她来到紧挨入口的一处地方。女士们身穿着轻薄的白色衣裙，男士们着白色西服，头戴软木凉帽，登上船来。所有人都将她打量一番，有人诧异，有人惊叹，唯独没有人上前来问话，也没有人能让她的心像遇见亲人那样狂跳不已。

她站着，等着，但再没有人沿着阶梯上来了。此时，那些接应旅客的人们，挑夫、行人、亲朋和好友，欢笑着，交谈着，乱纷纷地向船下涌去。

伊莎站在跳板的入口处边上，僵住了，一种令人窒息的失望凉透了脊背。

卡尔舅舅在哪里？

甲板上此刻混乱非常。煤舱苦力成了船上的主人。他们成群结队奔涌而来——赤裸着上身，汗如雨下，臭不可闻——草草系上薄木跳板，匆匆背来装满煤炭的竹筐，赶忙在露天下的井状空间内把竹筐倒空，又飞跑开去，好似他们的生命就悬在他们的匆忙里。他们按件计活儿，一筐半个便士。

船上的军官、服务员和水手都已不见踪影。一些中国人柔声用英语同她攀谈：当裁缝的试图跟她招揽活计，做换币生意的则向她推售墨西哥鹰洋。她摇摇头向外看去，寻找卡尔舅舅的身影。

这时，她看到一张熟悉的脸——她的船舱乘务员正从一扇门内走出来。

她走向他。

"我舅舅没来接我"，她突然说道，显得十分稚气。

那人思量片刻。

"也许他有事耽搁了，您知道他的地址吗？"

5

"知道。"

"那您就先走吧。"他看了看表。"但您得赶紧了，去城里的小渡轮三分钟后就开了。"

她想也不想就点点头，又是着急，又是发愁，心乱如麻。

乘务员拎着她的箱子，匆忙走下阶梯，她跟在后头，一路畅通无阻。这个最为开放的国际港口既没有卫生检查，也无需验查护照。

"科隆号"的左边，靠近码头的地方，停了一艘小渡轮，船上的烟囱里冒着滚滚黑烟。铃铛响了三下。伊莎跨过跳板时，有人拉了她一把。乘务员刚好有时间将她的箱子递过船舷去。她刚刚接住箱子提了过来，渡轮的螺旋桨就汩汩作响起来。

就这样，伊莎·霍费尔，这个在此之前除了巴伐利亚山区内孤寂的修道院生活和德国游轮上安全的包厢外对世界一无所知的女孩，正孤单一人前往遥远亚洲那个疯狂危险的城市。

## 2

甲板上四处坐着或站着一路同行的旅客或来接亲戚熟人的上海人。每个人都顾自忙着，都跟人聊得热火朝天，没有人看到或注意到这个年轻女孩。她在旅途中就"高傲"地不同任何人交谈，但实际上她不过是害羞、笨拙罢了。没有什么比羞怯和傲慢更容易令人混淆的了。

伊莎还没有料到自己处境危险。卡尔舅舅没有出现在轮船下同她相见令她茫然失措、惊愕不安。但她这会儿还尝试着找些无关紧要的理由来安慰自己。他也许错过了船只到岸的时间，要么有什么紧急的事情耽搁了，再不然也许就是病了！但他的确也没派其他人来照应她啊。不，他一定是错过轮船到岸的时间了。他一定已经在那边的小型渡轮靠岸处等着了。她要是把事情想得太坏，那就太愚蠢了。

江面上的一切也转移了她的注意力。黑漆漆的天空上，没有月亮，也没有星星。江面乌黑一片，阴森慑人。但沿着两侧江岸，却是无数灯光闪烁。泊在江中的大型远洋轮和英美日三国的战舰闪烁着红白两色的信号灯作警示。体型微小的渡轮紧挨着这些庞然大物驶过，时不时就浸没在阴影之中。江面上还泊着不少帆船，黑黝黝，阴森森的，不点灯，桅杆高高竖起。前方黑暗中突然传来尖叫声。原来是渡轮差点儿撞上一条这种小棚船。它极为大胆地驶进渡轮的航线中。渡轮的汽笛不间断地鸣响着，振得鼓膜极为不适。

伊莎觉得此刻的黄浦江比先前天快暗下来时要宽阔许多，显得无边无际。江水油腻腻的，泛着银色的光泽。

过不一会儿，黑夜中突然出现白昼般明亮的城市。"外滩"将小小的船只纳入怀中，渡轮在一个钢铁构造的大厅内停靠下来。片刻之间，船上的乘客就已经走空。

伊莎独自站着，脚边放着行李箱。一个苦力靠近那箱子，看着那女孩，用英语向她问话。她精通这门语言，能像巴伐利亚年轻女教师那样说英语。她明白了那人说的话，一边示意他等候，一边用她那年轻的双眼竭力在渡轮码头上的人群中搜寻。黄浦江各线路的渡轮都汇聚于此，就算卡尔舅舅此刻真的在这里，她也几乎不可能在这汹涌嘈杂的人群中找到他。

7

那苦力又问了些什么，伊莎没听懂。他往街道处指了指。伊莎并没有理会他，而是在不断裹挟着她的中国人和欧洲人的漩涡之中搜寻着。从江边蜂拥而来的游客渐渐散去，但陆地上又有一股股人流涌向各条渡轮。这样的人潮翻涌中，卡尔舅舅能找到她吗？

几个可疑的中国人走到她近旁。一个胸前长着恶心斑疹的赤膊男人同她攀谈起来。她随即跑向那在一旁的人群中老实看守她行李的苦力。这陌生的赤膊中国人，在她看来，突然变成了自己的避难所。她向他招了招手，他便拎起箱子，出奇匆忙地小跑起来。她差点儿没能跟上。她心里担心自己的财产，跟着他穿过站台纷乱的人群。盖了顶的码头有许多条小路通向外滩。

当她追着给她拎箱子的人的脚步到达街道上时，一群黄包车苦力向她围拥过来。他们吵吵嚷嚷地，身后牵着上了油漆的小车，挤向这抢手的顾客。伊莎感到不知所措，惊讶地往后退了退。随后，给她拎箱子的人替她做了选择，挑好一个黄包车夫，还毫无忌惮地用一顿乱拳赶走了其他人。那被挑中的苦力，表情空洞呆板，在伊莎眼里同其他中国人毫无差别。他将车子的两根杠降到地面上，还没等伊莎回过神来，就把她扶进了这袖珍的小车里。给她拎箱的人将箱子横放在她脚前的横杠上，抬起他那双机灵的小眼睛充满期待地望着女孩。

她在船上已经换了些英国钱币了。她给了那人一个先令，那人优雅地鞠了一躬，表示感谢。他问她要去何处。抱着最后一丝希望，伊莎又一次往四下里张望，搜寻那个在这纷乱的亚洲城市中唯一与她有所关联之人。然后，她有些迟疑地说道：

"西摩路三号。"

给她拎箱子的那人点了点头，把地址转达给黄包车夫，体面地又鞠了一次躬，随即转身离开了。伊莎心里，就好似分别了一位朋友。

那黄包车苦力抬起两根车杠，将胸口抵在连接两车杠的横梁上，陡然变转了方向，快步小跑起来。

这女孩冷不丁害怕起来，心中发紧，身体上，从胸口一直到下颚，疼痛起来。

她意识到，自己正身处亚洲——中国最混乱的城市里；而且孤身一人，不受任何保护，任由一个陌生的苦力支配。

他们横穿过宽阔的外滩大道。角落里那个高大威武、头缠白巾的印度巡捕留着父亲般又黑又长的胡子，让她稍稍感到安心些。但他实际上并没有注意到她和她的苦力车夫。他站在那儿，背上挂着卡宾枪，指挥着夜晚繁忙的交通。

他们拐进了南京路。伊莎脑中一片眩晕。她感到自己完全脱离了过去的生活。还在轮船上的时候，这样一种悬而无着的感觉就时常令她担忧害怕了。就是在那时，她还时不时觉得这次驶向遥远国度的旅行就像是一场她狭窄的少女闺床上随时都会醒来的梦。但这艘远洋轮多少还是同她在修道院里的家有所关联的。修女维罗妮卡陪伴着她途经慕尼黑到达汉堡，直到她登上"科隆号"才离开。"科隆号"上也有德国人，因而还有些德国家乡的气息。

可是现在，坐在黄包车里，穿行在大上海的商业主街上，一切同过去的联系突然间都被扯断了。从远洋轮上来到这错杂纷乱之中，这样的转变如此突兀，尽管一切就在眼前，但却显得那么不真实。在这里，她就像是陌生海域中的一滴水珠，远离所有岸际，在漫无边际中飘荡着，无条件地受着这赤裸上身的男子的摆布。这男人在她前方几步远处，均匀地迈着步子，小跑着前进着。

但街道和市场上的灯光，两旁嘈杂的人声稍稍抚平了她的恐惧。在人群之中，在那些守护着每个街角两侧的令人信任和安心的魁梧印度巡捕的眼皮子底下，她能有什么事呢？

她马上就要到卡尔舅舅的家门前了，然后一切都会好的。卡尔舅舅一定不知道"科隆号"是今晚到达长江的。一定是这样的。再说了，轮船能否准时到达也是个问题。他们在从新加坡到上海这段航程上遭遇了一场大台风。所以，当她没过几分钟就出现在他面前、投入他的怀抱中时，他一定会倍加诧异和惊喜的。

她现在不再有丝毫的恐惧了。她为即将送出的惊喜而兴奋不已，用快活而又好奇的眼光打量着行车道的两边。橡胶轮胎飞也似的转动着，轻快地载着她穿梭在汽车、电车轨道、公共汽车和几百辆黄包车之间。

她试着减轻自己的重量，屏住呼吸，从皮革靠垫上抬起身体。被一个人攫住了自己的注意力，她感到尴尬。她看到苦力裸露的背上冒出的颗颗汗珠凝聚汇成一道道细流，流淌、消失在他蓝色亚麻布的裤腰里。她尽可能抬起身子，好减轻自己的重量。

他们被繁华的街道全然吞没。

八点半光景，这是最热闹繁华的时段。人行道上，着白装的欧洲人，穿白色上装和黑裤子的中国人，赤裸着上身的苦力，扰扰攘攘。所有的商铺仍在营业，巨大的橱窗里灯光闪烁。时不时出现几条小巷，里头到处彩旗飘飞、彩灯荧荧，阴森可怖地通向深处。

英国人、美国人、菲律宾人、中国人、日本人，各个种族的混血儿，各领区内怪异的女人，构成一股不息的缓流，涌入这些小巷内，在骚动奔忙中显得魅惑迷人。人流过处，赫然显现些许店铺，出奇的华丽，里头的货品却无人问津。

街道上笼罩着一层奇异细腻的薄雾，弥漫着一种撩人的色欲气息。台风过后的天空一片娇柔的玫瑰色，低低地压在房屋上头。饭馆内的食客围满一张张桌子，一个个赤膊的身影奔忙其间。他们淌着汗水的身躯反射着弧光灯刺目的光线。

两旁的小巷变得越来越热闹了。越往市区内前进，南京路上的彩旗和行人就越显得丰富多样、热闹非凡。人行道上，人群开始拥挤推搡。一种闷热刺鼻的气息扑向伊莎，这便是这座亚洲的世界大都会里蒸腾而出的气息。

黄包车继续向前，渐渐靠近了中国城，伊莎并没有注意到这一点，他们离港口和黄浦江越远，她的眼睛和感官就全然被越来越显得奇异的亚洲生活所吸引。喧闹，嘈杂，扰攘，她见所未见的世界的气息，亚洲与中国的风情，东方与异域的况味，像迷雾一般笼罩着她。

车子突然向左拐入一条侧巷。喧闹与生气戛然而止。幢幢的阴影落在女孩身上，在刚经历过南京路喧哗的灯光后显得越发阴森可怖。她轻声叫了起来。

"您要带我去哪里？！"她惊恐地冲那人喊道。

他转过身来，脚下迈着黄包车夫特有的小跑步子，也不放

慢速度，用下巴往前指了指。

伊莎两手紧紧抓住车子两侧，脑海里浮现出跳下车去的念头。但她不敢，不敢公开自己的恐惧。

车夫又从昏暗的重庆路拐入了富丽的福煦路——别墅区内令人赏心悦目的一条街道。街上亮着电灯，悬得高高的灯座上各有五个亮得发白的灯泡，像一串串葡萄。伊莎能够清楚地看到黑魆魆的花园和灯光明亮的窗户。她的恐惧再度消失了。是的，卡尔舅舅居住的街道就该是这样子的。跟前的那个人也不再是不怀好意的歹徒了。她心里默默请求他原谅自己先前的猜疑。

她又重新为即将到来的惊喜而兴奋不已了。马上，马上她就会站在卡尔舅舅面前了。

那苦力又向右拐进一条支路。远远地，她就瞥见了枝形路灯灯泡下的路名牌：西摩路！她已经到达舅舅住的那条街道了，就到了！这令人心惊肉跳的黄包车之行，那长达数周的旅途终于要抵达终点了！——这附近的一座宁静的小别墅就是目的地了。

黄包车在门牌号为三的地方停了下来。

苦力放下车杠，提起箱子，扶伊莎下车。她呆呆地望着眼前的房子，死一般沉寂地立在那儿的房子。所有的窗子里都是黑漆漆的。就像之前她在船上等待、卡尔舅舅却没有来接她时那样，恐惧又一次幽灵般地爬上她心头。

她走到院门前，按响门铃。又按了一次。毫无动静。这时，她看到花园里有张布告闪着白光，上头写着："待售"。

她的手指从白色的门铃按钮上滑落，脑海中一片空白，一

12

种钝钝的感觉在脑中弥漫开去，来来回回，震荡不绝。她看着那布告，那房子，茫然无措。

一名女仆，一个穿黑色长袄裙、黑色裤子的中国女人，沿着寂静的街道走了过来。她看到伊莎的手从门铃上滑落下来。

"这里住的先生十四天前得霍乱死了。"那女人，带着亚洲人的热心肠，却面无表情地，用一种洋泾浜英语说道。她用汉语又向那苦力复述了一遍，就继续往前走了。

# 3

伊莎·霍费尔颓唐不振地在花园铁门的砖砌台阶上蜷缩了许久。她的不幸遭遇只是在广大中国与亚洲里上演的人间惨剧中的九牛一毛。

苦力车夫不动声色地站在小姑娘身旁，面无表情，一副自己并不存在的样子。但他那颗来自世界大都会的头脑却清醒得很，立刻就领会了眼前的姑娘所遭受的命运，在他那漠然不动的脑门后快速地盘算着什么。这可是个千载难逢的机会啊！他想到江面上寂静无声的帆船。那是苦力们出入的地方，那儿的白人姑娘是他们最为渴求的人间极乐。

伊莎脑中也如高速运转的马达般嗡嗡作响。飓风般狂啸翻腾之后，她的意识变作了清晰的疼痛、悲伤、不解与绝望的恐惧。

舅舅死了！被一种可怕的疾病夺去了性命。她过去可能听说过这种病，它曾经对她来说是那么的遥远和不真实啊！

这病夺走了舅舅的性命，害死了她在世上唯一的亲

13

人！——可怜的舅舅，曾经温柔慈爱地想念着她的舅舅。她来得太晚了，晚了十四天。

她的大脑高速运转着，种种念头嗡嗡作响。

她现在孤苦伶仃了——在一个混乱的城市里——在中国——口袋里只有不到五先令的钱。可怜的好舅舅在信中让她别节省旅费。她平常花钱谨慎，但为了买一尊象牙佛像给舅舅当礼物，她在科伦坡时就把买船票后剩下的钱花去了大半，今天在船上给完小费后就更没剩多少钱了，她以为接下来不需要花钱了，因为卡尔舅舅会去码头上接她的。可怜的卡尔舅舅，被可怕的疾病夺去了性命。她现在孤身一人在这离家万里的亚洲。她究竟会怎样？天啊！她会有什么样的遭遇啊？

她的思绪就这样在几个念头之间绕着圈，脑中嗡嗡作响。

那苦力一动不动地站在放下了的车杠间，心里盘算着不可告人的计划。

急促的脚步声在冷清的石砌别墅外的林荫道上响起，刚才那个中国女仆又折了回来。伊莎呆呆地抬起泪水纵横的脸庞，那女仆带着特有的漠然从她身边经过。

但这中国女仆却令伊莎从崩溃麻木的状态中惊醒过来。她意识清醒起来，重新看到了等在一边的苦力车夫。她又惊又怕。那人还等着，得付给他车钱，她手里的钱可能不够了。她从低矮的墙根边上站起身来。冥冥之中，一种必须得做点儿什么的意识迫使她振作起来。她不能让那人一直等下去，只要她手上的钱还够，她就必须付给他车钱。但是，她该怎么办呢？要是他走了，她就孤身一人了，在这上海冷酷的夜晚里。

她得找个饭店住下。她在外滩上看到几家华丽的大饭店。不行，她怎么支付得起呢！她不谙世事，对饭店还有些害怕。她还从没进过一家饭店呢。在汉堡的时候，她和维罗妮卡离开火车站就去圣保利坐船了。她该找谁呢？她今晚该在何处落脚呢？

她麻木地向黄包车走去，有些犹豫地在那中国人面前站住，从手提包里拿出一个小钱包，用一双湿漉漉悲伤的眼睛迟疑地看着他。

他微微一笑，抬起右手臂，表演哑剧一般地将脸颊贴了上去。她明白了。他指的是睡觉。

她点了点头，无奈地耸耸肩。

"饭店。"他说。

她打开钱包，给他看里面仅有的五先令。"没钱住饭店。"她解释道。

他又微微一笑，然后用手势说明这些钱已经足够了，指了指黄包车，又指了指自己，说道："便宜旅店。"——便宜的旅店。

伊莎本能地想要拒绝，但她别无选择。她不能就这样拎着箱子待在大街上。再说，这突如其来的命运打击也让她头脑迟钝凌乱，无法清晰地进行思考。

她坐上了黄包车。

苦力小跑起来，离开了原地。

一开始，他们穿过美丽的别墅街道。她认出几个法语的路名：Avenue du roil Albert、Route Lafayette、Rue Hennequin。只要他们还在这些欧式的林荫道间穿行，她内心的忧惧就在沉睡中蛰伏着。但是突然间，她就已然身处杂乱不堪的中国城内

15

了。亚洲已将她团团围住。她陷落在黑魆魆的小巷之中。沿街点着几盏灯笼，微光暗淡，两侧一长溜地挂着斑斑驳驳的宣传彩旗。黄包车经过之处，两旁尽是那男女老少构成的人墙。苦力叫嚷着，横冲直撞，给车子开出了一条道儿。伊莎感到他正飞也似的向前跑着，比之前还要快速。这个陌生的世界想要将她攫住——人们盯着她看——好奇地，却丝毫不带任何人类的感情。她感到自己迷失在亚洲的汪洋之中。一阵惊恐侵袭而来。

这陌生人要拉她去什么地方？她很聪明，她知道自己正处在中国城之中。她咬紧牙关，强忍着不让打颤的牙齿发出咯咯的响声。千万不能向她软弱的意志投降！别慌神！血液涌上头来在耳中轰鸣，心跳得飞快，她甚至觉得，每个人都能听见她心中的嘶吼。冷静，振作，镇定！上帝啊，这陌生人要拉她去哪里啊？在这亚洲人的包围圈里，在这些肮脏的房屋之间，臭气熏天。这些裸着黄皮肤上身、长着恶心脓疮的男人，只在胸前围一片肚兜、下身穿黑色裤子的女人——他们想从她身上得到什么？这些陌生可怕的生物，她的血脉，她的肤色，她的信仰，她本性之中的一分一毫都与之全然不同。她感到所有人都带着嘲讽的目光凝视着她。

她想从车上跳下来，但又不敢。因为她周围是臭气熏天的人群，她要是跳下去，只会比高高地坐在车上更加无助。苦力吼叫着，人们避开他，人潮之中开出一条小道。黄包车向前跑着，跑着，不断深入中国城的迷宫之中，不断深陷在充满敌意谩骂的愤怒之中。

在她年轻的生命中，她第一次感到如此恐惧。其余的一切，舅舅的死亡，她不幸的处境，一切都让位于恐惧，只有恐惧还在她脑海中震颤——对骇人听闻的罪行的恐惧——谋杀，奸污，酷刑。所有一切关于中国的可怖之处的描述，或是书中虚构的，或是她在轮船上道听途说的，都似乎迫在眼前，立马就要成为令人窒息的现实了。

她闭上眼睛，崩溃地大哭起来，害怕得近乎窒息，无助而又绝望。

就在这时，意料不到的事情发生了。

方浜路的一个角落里响起了枪声。尖叫，谩骂，逃窜中的踩踏与匆忙的脚步。

她惊恐地张大双眼。就在睁眼的瞬间，她从车座上向前跌落下来。她的苦力车夫抽搐着躺倒在地。她看到他裸露的后背淌出鲜血，她惊恐失措地奔逃起来。四面八方都是逃窜的行人。枪声又起。她吓得跳起来，好像自己被击中了似的，慌不择路地飞奔而去。她丢了行李，忘了一切，拼命地往子弹射程外跑，跑过一条条街道，一条条在一声枪响后变得空无一人、显得荒凉颓废的街道；不停地跑着，不断被地上的垃圾绊倒，绊倒又立马站起来，继续狂奔。她一会儿径直向前冲，一会儿又拐个弯，看到人影就尖叫，看到鬼祟的路人就更加歇斯底里地狂叫着跑开。她又冲进一条支巷，见到警察也夺路而逃，完全不知所以，只认定自己正被谋杀、恶行与暴力紧紧纠缠。她继续跑着，径直跑进了大马路——上海黄浦江边最堕落的城区。

17

# 4

伊万·菲尔金拦住了她。

每次做了什么道德败坏的事情后，他都会到这低贱放荡的肮脏角落来游荡。"作践自己"，就如他自己说的那样，"在这种污秽不堪、肮脏龌龊的地方"，浸泡在百万人口城市强碱般的臭气与淤泥之中。

伊莎拐过一个街口时撞上了他。他张开双臂笼住了她。她踉跄着扑入他的胸膛，尖叫起来，确信自己在惊慌失措中避逃的可怕之事就要降临到自己头上了。

"您好！"他喊道。

她倚在他身上，吓得抽搐不止。他托住她的下巴，迎着对面一盏红色纸灯笼昏暗的灯光抬起她的脸蛋，禁不住会心一笑："天啊！"

她的表情有些扭曲，瞳孔因恐惧而张得老大。但就是在这样扭曲的神色中，他也能看出怀中的猎物娇柔的美貌。他感到她靠在自己身上的身体剧烈颤抖着。

"请您别那么害怕。"他用带有斯拉夫口音的英语劝慰她。他铿锵的语调显得有些怪异。

慢慢地，伊莎反应过来，明白有人正抱着她，一个欧洲人。她的大脑从遭受迫害的妄想中清醒过来，看到一张紧贴着自己的布满皱纹的脸上，一双深邃忧郁的大眼睛正盯着自己看。她模糊地感到，她得救了。绷紧的神经松弛下来，她的四肢也好像散架了一般。她倚在他身上的身体往下瘫软，给了他

18

一个冲击力。他先是趔趄几步，然后又把她紧紧抱住，轻柔地说着安慰的话。她一个字也没听进去，只听到语词间柔和的节奏。

过了一会儿，她感到四肢中的无力感退去了，感到自己又能坚实地站住了，就从他的怀中挣脱出来。她如梦初醒般扑闪着双眼，环顾四周。

这会儿，她终于听懂了眼前这名男子的问话：

"您怎么会到这一带来呢？"

"有人开枪——"

这寥寥数语却费了她好大的力气。

他笑了。

"上海每个晚上都有人开枪杀人。但您怎么会牵扯到这种事情中去的？"

"我——"

她突然为自己的不幸遭遇悲伤起来，绝望的情绪冷不防又袭上心头。她哭了起来。

菲尔金点了点头，并不感到惊讶。他经历了太多，也见过太多，以至于长久以来就没有什么事情能让他感到诧异。他不说什么，拉起她的手，领着她向前走起来。把手放在他瘦骨嶙峋的大手里，她感到十分安心。她像个啜泣的孩子似的跟在他后头。

他们默不作声地穿过一条条鬼鬼祟祟的中国巷子，走了好长的时间。沿路的各家门道上，总有人在探头探脑。接着，他们来到一条宽阔的欧式街道上，在一辆汽车旁停了下来。那俄国人打开车门，扶着伊莎上了车，向司机吩咐了地址之后，自己也坐上了车。车子启动起来，悄无声息地开走了。

菲尔金又握住了伊莎的手。她顺从地让他握着。所有的恐惧已经消散无踪。她此时只觉得心力交瘁、疲惫不堪。她知道自己已经逃脱了危险，受到了保护。

她闭上了眼睛，但却没有入睡，意识模模糊糊的。她感觉到舒适的轻微摇晃，感到自己的手握在一名陌生男子的手中，感到安下心来后一种惬意的疲乏。

汽车行驶了许久，但伊莎已经失去了时间的概念。他们穿过城区，越过欧洲租界的边界，来到了郊区。

汽车停了下来。就在菲尔金付给司机车钱时，伊莎疲倦而又漠然地打量了一下四周。她看到，浅灰色的天空之下黑洞洞的衬着一扇大门和一个空旷的花园。走进花园，又看到一片英式的草坪，对面有一座宝塔形屋顶的房子，装饰着秀美的盘绕花纹和曲线，黑黝黝地立于天空之下。两人向着别墅走去时，菲尔金微微一笑，说：

"这是我在'中国时期'建的房子。"

他指了指那房子。

伊莎用一种探究式的目光打量着他，疲惫地问道：

"您的'中国时期'？"

他没有回答她，因为此时从房中正迎来一个穿白衣的中国仆人。他向他的主人和这位陌生的女士鞠躬后打开一扇门。通过这道门，他们穿过花园走进了一个房间。

伊莎骤然清醒过来，不胜惊奇地打量四周。这是一个豪华的中式房间，沿墙排列着昂贵的雕花木凳和长椅；内有式样庄严的橱柜，透过玻璃橱门，可见其中釉色深沉的珍贵古董，熠熠生辉。其中一面墙当中之处摆放着一件她从未见过的家具，一张鸦片椅。

古老的青铜容器中暗置灯泡，间接洒下一片白光，笼罩着这异国样式的房间。

菲尔金用中文同那仆人说了几句话，那仆人脚踩着软底布鞋，悄无声息地退了下去。那男人走到伊莎跟前，鞠了一躬，说道：

"欢迎光临寒舍，我是伊万·菲尔金。"

她有些尴尬，回道：

"我叫伊莎·霍费尔。"

他又鞠了一躬，问道：

"可以为您脱下衣帽吗？"

他帮她脱下衣帽，然后两人面对面坐下，伊莎向他讲述了自己的境遇。当她说到舅舅的死时，有那么一瞬间，仅仅就只是一瞬间，他似乎想要打断她，但他只是沉默不语，用手势示意她接着往下讲。

她说着话，而他越来越喜欢这美丽的年轻女子了。他确确实实是在上海最臭名昭著的地区"撞"见了她。直到此刻，在客厅柔和的灯光下，他才能好好地打量她。她纤巧的头颅上留着一头浓密的深棕色秀发。在轮船上，这头秀发就已经令人惊叹不已了。因为在巴伐利亚的修道院里，女子的短发会引得哗然一片。

他看到她纤巧的鼻子、伶俐无辜的嘴巴，还有澄澈明亮的眼睛；看到她的纯洁、无邪与可爱。他尽管听她讲述了她的遭遇，却怎么也无法理解，为何这样一个清奇的女子——她的热

21

血与生命、体温与呼吸，正向他喷涌而来——为何偏偏出现在他荒凉无望的生命里。

伊莎也是到了现在才第一次将她的主人打量个分明。他中等身材，看不出年龄，头发稀疏，是浅金色，或已然开始发白；身体瘦削，满是皱纹的脸上有一双极度哀伤、深邃的大眼。她对他有一种说不清的好感、一种道不明的同情。

仆人端上了茶水和涂好了的面包，但伊莎几乎没动它们。

"您累了，"那俄国人表示理解地点点头，"您该去睡觉了。到了明天，世界就光明太平了。"

他带她穿过一个中式竹梁厅堂，走上楼梯来到别墅的二楼，打开一扇门。

他们走进一间欧式卧房，卧房之后是一个砌大理石墙的诱人浴室，镀银水龙头闪闪发光。两个年轻的中国仆人已将宽大的铜床铺好，正悄无声息地溜出房外。

"请您自便"，那俄国人用嘶哑的嗓音说道，请她进屋。"让睡眠来消除您的烦恼吧。"

伊莎结结巴巴地道了谢。这会儿，她才想到，她从黄包车上跌下时把箱子给落下了。

"为什么有人要杀那苦力？"她问道，因为箱子而想起了那苦力车夫。

"这几天黄浦江边有许多枪击事件，"他答道，"都是些针对罢工破坏分子的恐怖行动。这里每天都会因为某种政治原因而有工人罢工。眼下日纸厂的中国工人正在罢工，因为据说有个中国苦力在日本"万里丸"号轮船上被蓄意杀害。每个不响应罢工口号仍在这些纸厂工作的中国人都有被杀的危险。很明

22

显，那天的枪杀就是冲着这些人来的，只不过失手打死了您的苦力车夫罢了。上海和整个长江河谷一带如今动荡不堪。"

女孩心中微微一颤。

"我把箱子丢了，衣服全没了。"她诉苦的悲伤劲儿，就好像她是穷苦人家出生似的。

菲尔金做了个不以为意的手势。

"我们明天就能补上。"他微笑道，继而拍了拍手，叫来了仆人。那俄国人嘱咐了他什么。片刻之后，那仆人拿来了些白色的中式衣裤。

"今晚您不得不做一个中国人了。"他打趣道，然后将手递给伊莎道别，离开了。

他来到楼下的中式房间里，紧闭着双眼坐着，久久不离开。他的双手颤抖着，感到那女孩就在他头顶上的房间里，感到身体因她而兴奋难抑。一种难以遏制的本能的邪恶冲动，在这个被东方鸦片损毁的男人体内沸腾膨胀。

他很年轻的时候就来到中国，是那些在远东闯荡的能干的欧洲先驱之一。他是一个有天赋的商人，一个热心于收藏中国古董的行家。这就是今日他不无苦涩所谈到的"中国时期"。

后来他被鸦片的恶魔攫住，堕入它的地狱之中。他的出口公司所在地仍是今日最早的殖民地之一。得力的下属们管理和维持他的生意，使之不至于破产。菲尔金自己很少出现在他位于广州路的办公室里了。鸦片毒害了他的行动力和身心。此时，他蜷缩在一把昂贵的檀木椅上，身上的每个毛孔都渴望着头顶上那个褪去衣服的女孩。他听到她在楼上轻声走动。

他已经很久没有遇见过血统纯正的欧洲姑娘了。他同殖民

23

地的一切社交联系早已断绝，他年轻时曾是那里炙手可热的单身汉。但现在，他唯一的乐趣只剩下在黄浦江边的下流场所里发泄肉欲、作践自己的人性与男性尊严。他对各个种族、不同肤色的姑娘都来者不拒。在那些数不尽的来到东方淫窟里的潦倒的俄国姑娘中间，他是上海最为人所知、也最臭名昭著的白人。

他抬起那张干枯沧桑的脸，陌生地环顾着摆放着珍贵古董的房间，恶魔般地冷笑一声。一个肥美的猎物自己送上门来。楼上那纯洁无瑕的女孩是他的了，逃脱不掉了。谁能从他手里将她夺去呢？她没有朋友，无依无靠地留在上海这个滚滚沸腾的大锅炉之中。她对生活知道些什么呢，对这个纷乱激荡的东亚世界又知道多少呢？他可以假装帮她打听这个舅舅的遗产，将她哄骗到长江中游，这个国家的内陆地区，安顿下来——在那里，她就不得不乖乖就范。那里没有任何欧洲人，她除了他之外，将一无所依。

他突然站了起来，双眼直勾勾地盯在某处。如果说，如果说这纯洁无瑕的人儿是命运的馈赠呢？生命最后时刻的拯救？支柱与救赎？如果她的纯真能唤醒他，如果他同她做了夫妻——如果她能给他以梦寐以求、却始终求之不得的力量来战胜毒瘾呢？

他颓然跌回座椅里，轻轻地，但却恶狠狠地笑了起来。胡说！救赎！拯救！他是一个宗教徒吗？他需要被拯救吗？——救赎？他的命运早已注定，他已经病入骨髓，时日无多了。享受是他的信条，在这冷硬的地壳上喘息的短短几年里，只要还能行乐，就当纵情享乐，恣肆挥霍。这世上有什么，就去拿来，抢来，尽情享用。既然命运把如此的欢乐带到他身边，他就该去拿来，抢来，尽情享用。

他跳了起来，快步走到门口，三步并作两步爬上楼梯，溜进自己的卧室。那里有一扇裱糊的门通向客房。他轻轻地打开那扇门，客房内漆黑一片。他站在门内，因贪婪而激动地发抖。他小心地靠近她，听到了她均匀的呼吸声。

疲惫一下子就将她击倒了，她睡着了。他站在她身边，弯腰看着她。他的眼睛适应了黑暗，能够看得清楚了。她像一个疲倦的孩子，四肢张开地躺着，长长的头发蜷曲在枕头上。他站在那儿，内心焦灼，身体的欲望与内心残存的一点儿骑士精神缠斗着。他突然跑了出去，进了自己的房间，咆哮着喊来仆人，令他拿来鸦片，随后扑倒在长椅上。这椅子长条形构造，两雕花扶手边各置一个靠垫，两端各有一个搁置火盆的支架，当中放一张桌子。他呼吸起来呼噜作响，直到贪婪地抽吸着仆人递来的滋滋沸腾的烟枪时，方才停止这样的呼吸。

当啷一声，他把贵重的金属烟管摔在地上，又冲上楼去。同情、礼数，这时候可笑的多愁善感！拿来，抢来，尽情享用！他无所顾忌地冲进了客房。

伊莎醒了过来，战战兢兢地按亮了床头灯。

他就站在床边。她穿着的中式衬衣太过宽大，从肩膀上滑落下来，露出了她的胸脯。她目不转睛地看着他，看到他眼中燃烧着的热望，她还从来没在其他男人脸上见过这样渴切的眼神。

这时，他叫喊道：

"我来只是想告诉您一些重要的事情。我刚刚想到，威廉姆·瑞安是您舅舅的合伙人，一定管理着他的遗产，您可以向他求助。"

"您说什么？我该怎么办？"她不明所以，茫然地问道。

"您明天必须去找他，他会将属于您的遗产给您的。"

这下她明白了。

"您特意上来，就为了今天把这么好的消息告诉我，真是太好了。"她感激地冲他微笑，快速将滑落的衬衣提回肩膀上。

他一言不发地出了客房，极其缓慢地下了楼梯，口中发苦。这下好了，他在他与她之间立了一道防御墙。愚蠢！软弱！他衰弱的身体某处竟还留着这样的老毛病！

这种无聊退化的感情真让人恶心。

现在她知道之前她说到舅舅之死时他存心想隐瞒的事实了。

他扑倒在鸦片椅上，一杆又一杆地抽起鸦片来。他的意识模糊起来，恍惚之中迷梦迭起。他幻想着同伊莎疯狂恣意地交欢，而此时，这年轻的女子正带着孩童般的信赖酣睡在他的头顶之上。

## 5

伊莎现在已经是个地道的小东方巴黎人了。在一个新世界中的几周时间看似短暂，但就这期间所经历之事、所发生之大小变化而言，又是漫长而充盈的。

她现在是东方最大的茶叶和羽毛商号的合伙人。

到达上海后的第二日，在经历前一夜的惊心动魄之后，伊莎一直睡到了日上三竿。

老仆用她几乎听不懂的洋泾浜英语向她通报，他的主人问候她，主人早已离家，令他领她去找瑞安先生。

那俄国人并没有离开家。他躺在自己的卧室里，鸦片的后劲儿让他的头脑和四肢沉重无力。

她为自己起得晚而感到不好意思，但因为饥饿，身体又年轻，便也心满意足地享用了端上来的丰富早餐。她发挥了她在修道院里所学英语的最好水平，写了一封热情洋溢的感谢信给她的救命恩人，并承诺很快会来拜访他。因为她想要当面为他所做的一切表示感谢。

这之后，仆人开着主人的汽车载着伊莎来到熙熙攘攘的欧洲商贸区，将她带到瑞安的法尔克公司在福州路的办事处。

威廉姆·瑞安是典型的英国绅士和殖民商人。他身材修长，瘦骨嶙峋；脸颊瘦削，棱角分明；嘴角有力，下巴带着傲气；头发向两边分梳，已经全部开始发白，年纪将近五十。

他以殖民地人对待每一位女士时特有的骑士般的殷勤接待了伊莎。当他知道来客是谁时，他的礼貌客套先变作惊讶，后变作真心的喜悦。

他已经往德国给她写信了，信中告知，她是他最好朋友的唯一继承人，也是他的合伙人。

他用简洁明了的语言向她讲明了实际情况，告知她拥有的财产数目，这个数目让她感到头晕目眩，但对她而言，也只是空洞的数字罢了。他让她自己决定，是将财产留在公司里，还是变作现钱带走。

她坐在他面前，羞怯又茫然，样子十分迷人。他于是解

27

释道：

"您当然可以留在上海，作为公司的合伙人在公司工作。"

她惊讶地抬起头。

"我对茶叶和羽毛一窍不通。"

他欢快的笑声消除了她的拘束感。

"这些可以慢慢学。"他鼓励道。

"上海有不少经营大买卖的女士呢。"

她有些犹豫和不安，太多新奇的和闻所未闻的东西涌向她。

"我不知道，"她小声说道，"我差不多什么都不懂。六个星期以前我还在巴伐利亚一家修道院里当老师。那是一个有序的小世界。可现在，我该……"她像一个孩子般充满信任地请求道：

"您给出个主意吧。"

"这对我来说太难了，"他坦白道，"这个决定同我的自身利益牵扯太深。从经济利益考虑，当然是进入公司做合伙人能获得最大的收益。但我不知道您是否有留在东方的打算。"

"这个"，她回答道，"我是想留下来。"

"既然这样，不知道您是否钟意您的合伙人呢。"

他开玩笑地指了指自己。

她天性开朗，不受拘束。她也高兴地回道：

"这个合伙人很合我意。这可以说是我唯一知道的东西了。那么，您会对您的新合伙人说些什么呢？"

"我会跟她说：欢迎您做我的合作伙伴，我建议，霍费尔小姐，您先尝试一番。若您喜欢，就留下；若您不喜欢，那就带着您的财产回德国去吧。"

她高兴地点点头。他向她伸出手,她用力击了一掌。

从一开始,她就感到同这个男人,这个卡尔舅舅曾经的好朋友和工作伙伴,结成了一种相互信赖的友谊。

接着他们聊到了卡尔舅舅的死亡和他最后的日子。他是少数被那场瘟疫夺去生命的欧洲人之一。

就这样,伊莎抱着试一试的心态成了法尔克公司的合伙人,而这家公司是华东地区最有影响力的商号之一。

伊莎灵活变通,积极主动地适应着新的生存环境。伊莎不想搬进卡尔舅舅在西摩路上的大别墅内。因为如果她诚实的话,就会承认,尽管已仔细消过毒,但她还是害怕这栋死过人的房子。瑞安给她在一位相熟的法国太太那儿找了三间漂亮的屋子。

伊莎过去与现在的生活之间相隔的不仅仅是千万里的汪洋大海与广袤大地。她时常觉得,修道院的寂静与遗世独立就像是一场温柔的梦。只有一封她寄去的信件还维系着她同修道院和那近在咫尺,又遥不可及的过去之间的纽带。

瑞安在其位于静安寺路上热闹的家中,将伊莎引入了"殖民世界"。一个年轻美丽的女孩的到来在每一个遥远的殖民地都是一件大事。年轻女孩在那种地方总是稀缺的,这在上海也不例外。这年轻的德国女孩在此引起一阵轰动。所有对德国的仇恨和敌意在这里早已经被遗忘。德国同胞们高傲地同她打招呼,而所有别国的男士们皆满腔热情地问候她。女士们则情绪复杂,将她视作极其危险的入侵者。

伊莎实在是涉世不深,因而没有料到自己的到来在上海的

社交圈内引起了骚动。她亲切友好地对待每一个人，在这种轻松活跃的生活中感到沾沾自喜。她将男士们的殷勤暧昧当作玩笑话，一笑了之，根本没注意到嫉妒的女士们充满敌意的眼神。

她白天认真工作，除了商业知识外还有很多东西要学。茶叶和羽毛不是能轻易弄清的商品。

这天早晨八点，她穿着一件轻薄的白色连衣裙，兴致勃勃地来到办公室。此时正是八月底，天气炎热，只有台风带来的强劲降雨才能让黄浦江一带降下温来。

瑞安已经在办公室里等着她了。她谦逊地请求瑞安找一名员工来引她进入神秘的商贸世界。她不想占用他宝贵的时间。但威廉姆·瑞安坚决拒绝了她的请求。他想亲自帮助她熟悉她的新工作。就他自己。

于是，她坐到他身旁，面朝着厚厚一摞的商贸书，认真严肃地倾听他的解释。他向她解释他们的贸易中茶叶和羽毛的奇特组合。

"您看到了吗，伊莎小姐，这些都是季节性的生意。茶叶贸易从五月到十月是旺季，而羽毛贸易则是从十月到次年五月。这些都是由茶叶的收获季节和鸟类羽毛生长期决定的事实。

"您舅舅和我一开始只做茶叶生意。这样，从十月到次年五月就产生了一个贸易空档期，这段时间公司不创收，也是没意义的。"

当伊莎坐在身旁、两人一起待在宽敞的办公室里时，瑞安觉得，在东亚温室气体般潮湿的空气中，伊莎似乎每天，甚至于每个时刻都像花一样绽放，她的身体和精神奇妙地舒展开来。修道院里的拘束已然消失。她无论在情感上，还是思维和理解力上，都变得更为开放，变得更加能干和自信，也变美了。

她紧挨着他坐着，勤奋地读着面前的分类账簿。她薄薄的裙子轻擦着他，她的头发掠过他的脸颊，他呼吸到她青春的气息。他好像能听到生命的活力丰富而又充盈地在她体内汩汩涌动。荒唐的愿望出现在这个坚毅自信的企业家心中。他早就知道，那愿望就是爱情。那是爱情，他生命中迟来的爱情。他知道那是爱情，是每天早晨七点就驱赶他来到办公室的焦灼，是让他在空荡荡的办公室里来回踱步的坐立不安，是她轻快的脚步声和她白色丝绸衣裙的悉索声出现之前，听到前厅任何响声时的心跳加速与侧耳倾听。

他知道那是爱情，是她离开他家后，在孤独的漫漫长夜里留下的一片从所未有的空虚，一种无家可归的寂寞。

他知道那是爱情，那是她在他身边时那种激荡不已的幸福之感。

但他也知道，这爱情来得太晚了。

有那么一次，在一种荒唐希望的驱使下，他尝试用反抗的手在吸墨纸垫上从自己四十九岁的年龄里减去了十九。但三十岁的年龄差距还是将他打倒了。他赶忙用羽毛笔将自己吐露的痛苦衷情涂画得不可辨认。不，已经太晚了。在他为工作奔忙的一生里，爱情来得太晚了。三十岁的年龄差距太大了，这是一条无法逾越的鸿沟。

瑞安太正派，也太克制了，以至于丝毫没泄露自己卑微的喜悦和巨大的痛苦。他鼻翼颤抖着呼吸着她的青春气息和那她不自知地绽放着的女性魅力，用平静清晰的语调说到一箱重七十英镑的原始茶叶的价格以及一捆价值四百五十英镑的羽毛的价格。

伊莎蹙着眉头，一本正经地听着，忽闪忽闪的双眼专注地望着他的嘴唇，好像正在倾听上帝的启示；她时而点点头，提几个见解深刻的问题，但马上就能弄懂，以至于这个从未失去控制的男人不得不用尽全部的力量才能让自己不大声叫喊出来："姑娘，你勤奋、聪明、敏锐的样子多么迷人啊！你多美丽，多么让人着迷啊！你就是生活，我这老去的愚人错过的生活！"

但他并没有用陶醉狂喜的语气说话，而是教她道："所有的茶叶都来自中国北部[①]。小茶农将收获的茶叶交给村子里的收茶人，收茶人则将其运送给港口城市里的大批发商。今天来的陈阿东就是个掮客，上海一家大批发商的中间人。伊莎小姐，您将会看到他带来的三四十种茶叶。您见过茶叶生长的过程吗？"

伊莎摇了摇头，尴尬地笑了。她有些惭愧，她是中国最大的茶叶出口商之一，但却没见识过自己的交易产品成熟的经过。

他看着她尴尬地绯红了脸，觉得这让她多了一重魅力，让他增添了一分爱慕。

"没关系，"他微笑道，"您怎么可能见过茶叶生长呢！在巴伐利亚人们种的都是用来酿啤酒的啤酒花吧。茶树是钟形的低矮灌木，叶子很小。这些小叶就是茶叶了。最上面的嫩芽是

---

[①] 原文如此。作者从未到过中国，且对中国地理状况了解有限，因而在此处犯了常识性的错误。——译者注

最好的品种。"

他看见一个员工走进门来。

"陈阿东先生到了。"伙计通报道。

伊莎第一次经历了验茶这一重要的程序。大家和掮客一道走进茶房，一个专门举行这一重要程序的房间。

这间屋子的窗户外部以铅皮遮挡日光，屋内横贯左右砌了一道方形陶土长台，只有一道北边射来的光线落在这长台之上。

瑞安指了指这遮光的设施，轻声地给他的女学生解释道：

"我们需要非常均匀的光线来检验茶叶的色泽，浅绿、深绿、淡青。阳光照射使颜色显浅，具有迷惑性。"

这道工序开始了。

那掮客带来了三十五种茶叶。一个仆人在台上摆开三十五只上部开口的封闭小瓷杯。那中国人从三十五只写明标签的小袋子中各拿出一小撮分别放入三十五只瓷杯中。仆人在每个杯中注入滚水。旁边有人用停表计算着茶叶泡开的时间，分秒不差的四分钟后，仆人将茶水倒入每个小瓷杯旁摆放着的小碗之中。这时，瑞安，东方最有名的鉴茶人之一，上前来逐一品鉴。他呷一小口茶水，在舌尖斟酌回味后在一个水槽中吐掉，然后或简短地说一声"好"，或摇摇头，或评一句"不好"。这之后，他又仔细查看了被鉴定为尚可的那几种茶叶在杯中的样貌。"嗯，这茶叶子已张开，完全呈四角形"，"这茶是青蓝色"，"深绿色"，"柔黑色"。

品鉴完毕，订单就纷纷下达，没有任何犹豫，没一句多余的话，看得伊莎目瞪口呆——其中七号茶五百箱，十二号茶六百箱……那掮客总算记下了订单数量。几分钟之内，一笔大

33

买卖就做成了。她意识到鉴茶人的责任重大，从不出错的品味是关键。

当他们单独二人又回到办事处时，伊莎的问题像连珠炮式地冒了出来。

"为什么茶叶一开始是蜷曲的呢？"

"这是烘烤过的缘故。每种茶采摘之后都要立即烘烤。好的茶叶冲泡的时候会再度展开。"

"收购的茶叶如何处理呢？"

"中国的批发商——陈阿东是他们的中间人——将货物运到港口。此时我们就必须尽快装船发货。因为谁先将货物送达欧洲，谁的货物就先卖出，也卖得最好。欧洲的大宗贸易商翘首企盼新货的到来。我们的货物只运到不莱梅。这是您舅舅的事业。战争以前，北德意志—劳埃德公司的商船在茶叶季可以直接从福州开到不莱梅，当中无需周转。这对我们同德国做贸易的公司来说是何等的优势！我们曾经在运输上超越其他所有公司。现在的货运没有从前快了。"

"我还有一个问题"，伊莎害羞地说道。

"若您愿意，一千个也无妨。"

"中国的批发商从不会欺诈么？他们送来的六百箱茶叶真的都是我们鉴茶时选择的七号茶叶么？"

瑞安微微一笑。

"这问题问得聪明，伊莎小姐，不过您可以毫无顾虑地相信每个中国茶叶批发商。他们不会骗您。还有什么问题么？"

啊，是的，她还有许多问题。他一边面带着微笑，慢条斯理、详细耐心地解答她的疑惑，一边同自己斗争较劲儿，以防自己问出那个极为重要、但却荒唐绝望的问题。他的这个问题将毁掉两人安然和气、彼此信任的伙伴关系，带走他巨大的幸福，也消却他不堪忍受的痛苦。

# 6

一个十九岁的女孩，她的生活才刚刚开始，她带着期待的喜悦和红扑扑的脸颊，正要投身到生活欢腾奔涌的激流中去，她怎么会爱上一个四十九岁的男人呢！怎么会爱上一个被三十年的亚洲生活折磨得虚弱不堪、颓唐消沉的男人呢！在东亚生活的年岁应当双倍计算。他们不可能相爱的，他已经是个老人了。他知道，他在伊莎眼里就是个白发老者。

他很明智，不至于自欺欺人。她的友善，她的亲近，还有她那令他感到痛苦的殷切关怀，都只是一名年轻女孩对一位老先生的友谊，别无其他。她对他绝没有好感，爱上他对她来说就是个不着边际的玩笑。

他看到，清清楚楚、妒火中烧地看到，她对待那些在殖民地社交晚会上围拥在她身边的年轻男子的态度是多么的不同。那个时候的她，是年轻人中的年轻人，调皮戏谑，无拘无束——她对待那些年轻男子与对待他完全是另一个样子，丝毫不同。当她的目光与他的目光交会，他就像叔叔般冲她微笑。这种时候，他觉得自己脸色惨白、心痛欲裂，只好转过身去，带着因痛苦而扭曲的神色，强撑着保持冷静与沉着，但却仍然如痴如醉地、醋海翻波地严密观察着她的每一次交谈、每一个微笑。

他知道，伊莎现在还没有对哪个人产生认真的好感。但是像她这样一个美丽而富有的继承人对于殖民地内的年轻商人和官员而言有着无比的魅力，是众人趋之若鹜的灯标。很快，过不了多久，她心中的女性知觉就将被唤醒，她将做出选择。很快，过不了多久，这是命运，无可避免的，他只能眼睁睁地看着毁灭他的灾祸一步步降临。他所有的能力与毅力，从不曾惧怕任何阻碍，面对这灾祸，却束手无力。

还有一个人让他因嫉妒而感到揪心，那就是伊万·菲尔金。

他们见面的第一天，伊莎就感激不尽地提起了她的救命恩人，之后她还经常到位于乡下的溧阳路去拜访他。

瑞安对于这个俄国人仅仅是有所耳闻，而且听到的，并不都是好事。但瑞安为人太过正派了，以至于不会仅凭道听途说就对一个人做出判断或采取什么行动。他生性谨慎，又羞愧于自己的嫉妒心，因而没有提醒伊莎提防菲尔金。

当她满怀感激地说起她的救命恩人时，他只是沉默地点点头，坦率地承认，这个男人曾经确实将她从悲惨的境遇之中拯救出来，保护她免受屈辱与堕落。当她毫不猜疑地说到生意谈妥后要去菲尔金家的打算时，他点了点头。他点着头，抽搐着握紧裤袋里的双手。因为第二天，她会变得意想不到的聪慧，言语间充满紧张的叙述艺术，说起那个幽居在远离殖民地的奇特住宅里的俄国人拥有的中国玩意与奇珍异物来，头头是道。

菲尔金的生活现在只围着这个女孩打转了，这个在那个炎热的七月夜晚闯入他生活的女孩。他知道他的生命力已然枯竭，知道自己离死亡不远了。他带着将死者的贪婪，带着最后愿望的绝望的热情，渴念着这个金发的年轻女子。她是他生命中的象征，象征着一切他未曾拥有，却应当拥有的一切，若他走的是另一条道路的话。她代表着一切他无法实现的愿望与希望。但她也是他这一生给予自己的最后礼物。占有她，然后堕入黑暗的虚无之中！征服她！感受她在怀中颤抖，然后结束这该死的一切！在死亡来临之前再尽情享用这纯粹的珍品。

在这样欲望肆意的时刻，他的心中没有同情，也无所顾虑。这更多的是一种毁坏欲，对毁灭的愤怒，一种对无情蹂躏他的命运的复仇情绪。一种破坏分子的狂怒在他心中嘶吼着要毁灭伊莎的纯真与美丽，一种魔鬼般的恶毒咆哮着要将这闪耀着的美好在他的腐朽中践踏、撕毁。

他在一个个飞逝而过的夜晚愤怒地用头撞击着墙壁，懊悔自己放她溜走，给她指明了一条脱身的道路。他猛烈地用头撞击墙壁，惩罚自己人生中犯的最大的一件蠢事。他曾经认为，伊莎能够解放自己，并将此看作他存在的目的与意义，但这样的想法出现的次数越来越少了。

当她来到他这儿，他将自己幽暗的欲望隐藏在嘲笑、挖苦与讽刺之后，掩盖在他出色的叙述天赋之下，包裹在他残存的一点儿才智与天赋的外衣之中。她把他看作一个尽管有些古怪，但机智有趣、善于逗乐的人。他与瑞安有教养的沉着冷静、正派的率直坦荡截然相反，正是这一点吸引了她这个涉世不深、阅人尚浅的女孩。

当她这天走进他家门时，他用潮湿颤抖的手牵起她的手，强抑住内心就要喷薄而出的激情，用他那嘶哑粗粝的声音问道：

"那位受人尊敬的先生现在在做什么呢？"

"您说谁呢？"伊莎笑了，镇静地回应这恶意的嘲弄。

"您那陷入爱河的叔叔。"

她将自己的手从他手中抽回。"您说的是瑞安先生？"她严厉地问道。

"是的，就是他。"

她一下子在一张椅子上坐下，将一条腿交叠到另一条上，把短裙拉到膝盖上，固执地回复道：

"我不准您用这样的语气谈论我的合伙人。"

他在她对面坐了下来。

"请您原谅，我不知道原来威廉姆是您的禁忌。"

"什么叫禁忌？"她语气有所缓和，问道。

"神圣的——不可触碰的——不能提及的。"

"瑞安先生一点儿也不神圣，也不是不能提及、不能触碰的。"

"不能触碰大概是最不可能的吧？"他强忍着怒气，低声说道。

"您说什么？"

"没什么。"

"不管怎样，我不允许您取笑他。"

"这样啊？"

"什么这样啊？"

"因为您如此钟爱古董，"他指了指他那柜子中国古玩，"那这就没什么好奇怪的了。"

她将身体倾向他。

"您在说什么呢？您到底是什么意思？"她生气地叫道。

"您就别在我面前装傻了！您一定像我一样知道得很清

楚，这位英国绅士爱着您！"

伊莎少女气十足地大笑起来。

"瑞安先生爱上了我！我的好伊万·菲尔金，您一定是疯了。他的年龄都能做我父亲了！"

"那又怎么样呢？父亲年纪的人有时候也会开窍。"

"您别胡说了。瑞安是我的长辈朋友。您怎么会有这样荒谬的想法！"

"很简单。我前天在极司菲尔公园闲逛时看到您和他在一起。"

伊莎点点头。

"我看到他看您的神态。可惜我没听见他说了什么，蝉的叫声太响了。"

"您要是对我们的谈话那么感兴趣的话，我可以告诉您，我们在讨论茶的种类和价格。所以，您该知道了，如果瑞安先生那时候看起来像处在热恋中的话，那么他爱的是茶叶，不是我。瑞安先生爱上我！太可笑了。您的样子，像是不知道他的年龄似的。"

"正是。"

"原来如此。好了，我们别说这些废话了，我想听您讲讲您过去的旅行，您在那时候最能让人忍受。"

她每次来访，他都会同她讲述他在最好的年岁里穿越整个东亚的远行。他沉醉于这样的叙述之中，他在叙述中转移了自己的注意力，抑制住了自己的激情。

他听不见她在说话，着迷地盯着她穿着裸色丝袜的纤瘦双腿。他微微抬起身子。他想扑倒在她身上，亲吻短裙下露出的膝盖，然后做接下来该做的事情。

这时候老仆端来了茶水，她得救了。菲尔金恢复了理智。

当又只剩他们二人时，他无血色的扭曲的嘴唇问道：

"您这位大茶商现在可以告诉我，这是什么茶吗？"

她闻了闻，又品了品。

"好极了，"她耸了耸肩膀，叹道，"我对这种茶一无所知。但是瑞安先生马上就能告诉您的。"

"可惜，"他有些恼怒地嘲讽道，"您那神圣的顾问并不在这儿。不过就是他也说不出这是什么茶。这种茶是买不到的，这是我在北京时尊贵的前朝太后赠送给我的。这种茶叶从前是皇帝特供的。"

"您现在还有这种茶？"

"是的，以备太后与妃嫔们屈尊光临寒舍之用。"

"吼吼，"她不以为然地笑起来。"瞧瞧，您还会恭维人呢！我以为您只会挖苦讽刺呢。现在，就请您乖乖地给我讲讲您以前的事儿吧。因为当您讲那些事情的时候，我就喜欢您，您在我心中就像您去过的国家、到过的海域一般宽广伟大。"

他用犀利的眼光注视她许久，确认他刚才所听到的只是一句不假思索说出的无关痛痒的告白：您讲那些事情的时候，我就喜欢您。他又陷入漫无边际的病态幻想之中。

"您快讲吧。"她催促道，闭着眼睛吸了一口茶叶如花一般的芳香。

他清醒过来。

"好，"他若有所思地轻声说道，"不仅仅是跨千山、越重洋才叫作远行，有时候，人在心中，也可以游历四方。"

"我明白。"她入迷地低语应道。

他继续往下说:"在大海之上,茫茫夜空之下,我们的思绪与悟性也变得广阔高远起来。永恒的星辰开启我们心中浩瀚的远方——人在此时能感受到日常生活中感受不到的东西。我突然会想:没错,没错——我们对于这宇宙是茫然无知,但宇宙之外呢?只有这一个宇宙吗?或者宇宙之外还有许多宇宙?不仅仅是恒星,——不是的,而是更为不同的时空。若有,那它们何时存在着——,又是什么样子的呢?我不知道。"

"我听着呢,您继续说。"

他懒洋洋地靠在沙发上。

"要在一个星空照耀的海上之夜,用言语表达出这些沉重的问题,并不容易。但有一点是确定无疑的:人在那样的海上之夜会变得渺小,感觉自己微不足道。"

"我在来这里的航程中也感受到了这一点。"伊莎激动地低语道。

他清了清嗓子,又缓缓地继续往下说。

"当一个人见过许多民族的生活,他就会变得谦虚。他知道,重山之外住着的人们,那些质朴的人们,也像我们那样创造了引以为傲的辉煌,有着和我们一样的期许与渴望。那些我们自认为我们文化所特有的,并没有那么特殊与独一无二。当他见识过千万种相异的习俗,他就会思索探寻。为什么这些人们这样生活着?——为什么对他们而言这些东西是神圣的,那一些东西却是不体面的、卑贱的?他会放下所有的傲慢,放下一切种族自豪感和优越感,因为在一个中国的小村庄中,您遇到的一个衣衫褴褛、赤贫如洗的佛教僧人,就可

能有着澄澈通透的体悟，以及前所未有的纯粹人性和伟大的思想。"

他突然停了下来。"真是一派胡言。我现在坐在这儿，像个教授那样对您吹嘘说教。"

她若有所思地看着他。他注意到她纤巧挺直的两侧鼻翼零星散布着一些雀斑，那是东亚日光照射留下的痕迹。"真漂亮，"他心里想，"真迷人。这人人都会长的雀斑让她显得更亲切，更像是我们世间凡人中的一员。"

"您是一个古怪的人，"伊莎沉思着，大声自语道。"有时候我觉得，您为您内心的深邃感到羞耻。"

他刺耳地大笑一声。

"您高估我了，我的小姐。我早就不知道什么是羞耻了。不过现在您可以听我讲故事了。"

"太好了！"她毫不拘束地欢叫起来，舒舒服服地坐好，等着倾听。

他用一只手蒙住双眼，思绪活动起来。他的耳朵内，滚烫的血液嗡嗡鸣响。冷静！他内心想道，冷静！再享受片刻她的陪伴，然后再去爆发，尽情释放！他在自己丰富的经验中搜寻。她为了不打扰他，一声不吭地坐着。终于，他把手拿下来，放到了膝盖上，问道：

"您觉得'鲨鱼作为人间正义的维护者'这个话题如何？"

"非常好。"她微笑着，眼里闪着孩童般的期待。

他没再多说什么，讲述起来：

"那是很久以前的事儿了。那时候我非常喜欢中国帆船。您知道那种船吗？"

"当然。我每天都看到它们，黄浦江上有成百上千只。"

"我已经意识到，"他轻声地说，"我们每天上百次所见的东西其实并未被我们所看见。您去黄浦江边走走吧，怀着喜爱之情观察一艘这种帆船，看它那缝补了成千上万次的破旧风帆，那沙沙作响的古老朽木，还有艏柱上那褪了颜色却精妙绝伦的绘图。那风帆和船只的线条是永恒不老的美之奇迹。然后请您告诉我，您在这世上见过比这更为壮丽卓越的美景吗？"

"我要走了。"她简洁客气地说道。

他跳了起来，在房内来回踱步，几次猛然将目光从那颗留着一头色泽莹亮的褐发、磁铁般吸引着他的脑袋上转开，然后继续往下讲：

"我曾经乘着这样一艘微微摇荡的古老帆船，进入黄海。船的内部很干净，在树皮棚顶之下铺着日本席子，可坐可卧。我们在船上捕捉到了一条鲨鱼。"

他停顿片刻后继续讲道：

"我可以以我的名誉向您担保，我现在所讲的一切都是真实的。"

她焦急地点点头。

"我们捉住了这只大鲨鱼。当水手们在船上将其剖开——所有的水手对鲨鱼都恨之入骨，当他们活生生地将它的内脏挖出时，在它的胃部发现了一包薄薄的信纸。"

"啊呀！"

"是信纸，"他重复道，"自然已经湿透了，而且也被弄脏了，但除此之外仍是完好的。我们将纸一张张摊开，放在太阳下晾晒。晾干后我辨认出了上面写的文字，是英文的。一个

43

阿拉斯加的掘金人搭乘一艘帆船，也就是'南希号'双桅帆船，从西雅图前往上海。他是带着他的金子上船的。船上的船员不知道怎么发现了这一点，也有可能是他自己泄露的。不管怎样，船上所有人，船长和水手们，都想置这个可怜人于死地。所以他就写了这些东西，这很容易理解。他发出危难中的呼喊，在一个个充满着死亡恐惧与生存渴望的孤独之夜中，借助一种类似日记的形式呐喊。"

菲尔金停了下来，陷入沉思之中。他想起自己度过的一个个孤独夜晚，还有在这样的夜晚中写下的胡言乱语。

"喂？"伊莎感到莫名其妙，叫了起来，"您在最精彩的地方睡着了！"

他清醒过来，结结巴巴地接着讲，讲着讲着，又流畅起来。

"我一直在想，那一定是个想在淘金中碰运气的大学生或老师，要么就是个擅长写作的人。不管怎样，他文笔不错。我还记得一些片段——我绝不会忘记的一些片段。'我看到我的死亡在他们眼底燃烧着——我有时候想带着我的金子投入海中，来结束这让我头疼欲裂的折磨，报复那些想要谋财害命的恶棍——要是没有那么多鲨鱼就好了！——'"

"真可怕！"伊莎喃喃自语道。

"此外，他也考虑过是否将金子扔给这些杀人犯来保命。"

"是啊，他应该这么做！"这女孩急忙插进话来。

"这些死亡的呐喊不知怎么就突然中断了。很明显，写这些东西的人连同他所写的东西一起被扔进了大海里。您可以想象吗？读一个临死的人讲述自己的遭遇，这感觉是多么奇特，像被幽灵萦绕那般鬼气森森的。总之，我将这些信纸仔细保存了起来。当我们再度回到上海的港口时，'南希号'双桅帆船也正停在那里。我从那些文字中得知，被害人和这艘帆船都来自美国。我将那些信纸交给了在上海的美国最高法庭的法官。您应该知道，每个殖民国家都有自己的法庭。那些船员被监视，尽管花了不少钱周旋，但最后还是被定了罪。主犯被处了死刑。所以，鲨鱼就这样做了维护人间正义的帮手，尽管这并不符合它的习性。"

伊莎沉默片刻，还沉浸在故事的离奇怪异之中。

"这是真的吗？"她过后有些怀疑地问道。

"以我的名誉担保。那些信纸现在保存在上海博物馆里。世事有时候循着神秘的方向发展。"

她突然叫道：

"席勒有一首德语诗歌叫《伊比库斯的鹤》，里面也是动物，也就是鹤，揭露了一起谋杀事件——哎，不对，我瞎说了。这个故事完全不同，这里是杀人犯自己暴露了自己。这是一个离奇的故事，令人震惊恐惧。您看，您总是嘲笑我在修道院里形成的信仰。但您的故事恰恰证明了我们生活背后有什么力量在支配着一切。"

"我的故事只证明了受害者与迫害者、鲨鱼与鱼的存在罢了。"他讥刺道。

这一刻，她用近乎膜拜的眼神，羞怯地望着他。

"您经历的可真多啊！"她亲密地向前弯下身子靠近他，信任地坦白道："我最喜欢听您讲您的经历了。瑞安先生自然教了我许多，但都是些商贸上的东西。而您讲的一切，是多么人性，多么简单、智慧，多么美好啊！"

他讲完故事后坐了下来，这会儿又重新跳了起来。

"您别胡说了，小姐。在我这儿，没有什么是人性的，一切都是残酷的。但现在，我请您过来看看我的陶瓷收藏，这才是智慧又美好的。"

他走到一个柜子前，打开了柜门。她走了过去，怀着对美的渴望。

柜子的前部摆放着一把铜质匕首。她拿在手中。

"这是什么？"她问道。

他看了过去。

"一把古老的匕首。您可当心了，它很锋利，曾经是一位中国皇帝的佩饰。"

他将匕首从伊莎手中拿过来，从镂空精美的刀鞘中抽出刀刃，逗弄似地用刀尖去刺拇指。

"您在做什么？"伊莎惊恐地叫道。

他笑起来，在指间摆弄着刀刃。

"这是我一直以来的一个迷信，我觉得我有一天会死在这把匕首上。"他漫不经心地说道。

"看呐——看呐——您竟然相信迷信！"她打趣道。

"不是每个人都能挣脱得掉他的枷锁的。"

她将这件利器从他手中拿下来，小心地插回刀鞘中，放到一张小桌上，然后迫不及待地转身去看那些明代瓷器。

当她陶醉地望着那些精致器皿的高雅形态时，他就站在她身后。他看到她脖子上颜色略微浅些的纤细金发——她早就剪了短发了——看到她轻薄的衣料下起伏的背部——看到她弯曲纤瘦的柔美臀部——他看到，也嗅到她的青春气息，她的女性魅力，感到脑中云蒸雾绕，感到激情淹没了意志，他那渐渐迷离的理智告诉他，他失败了，下一刻他就有可能像一只野兽一样扑向她。他用最后一点力气控制住自己，喘着粗气大叫道：

"走，快走！"

他紧紧抓住柜门。

她猛然跳了开去，好像被他那绝望的吼叫声撞击了身体，踉跄着转过身来，看到了一张扭曲变形、狰狞可怕的脸。她想问些什么，但却说不出话来。

"您快走！"他的嗓门里呼噜响。

她鼓起了勇气：

"怎么了？！"

"让您走——我病了——您快给我走！——"

他的手抖得厉害，微微颤颤地指了指门。

她走到他面前。

"要是您病了——"

他像一只野兽般吼叫起来：

"走！"

这野兽般的嘶吼吓得她逃到了门边，她抓起自己的衣服什物，赶忙跑出门外，一边对那老仆喊着"你主人病了"，一边飞奔出了那宅子。

她冲进等候她的那辆轿车里，一动不动坐在那皮座椅上。她被那可怕的眼神和声音吓得不能动弹。发生了什么事？他怎么了？他得重病了，他看起来总是那么不健康，病怏怏的。但是，无缘无故的，怎么会有那么大的愤怒与憎恨呢？他是不是——疯了？——她心惊胆战地想道。

47

她本想同瑞安共进晚餐的，但现在却给司机报了自己的地址。她现在见不了任何人，也没法跟人说话。另外，她心里隐隐觉得，她刚才亲历的一切是一个幽暗的秘密，她不能将它泄露给他人。

那古怪的人是怎么了？

菲尔金将听了伊莎的喊声匆忙赶来的仆人狂暴地轰了出去，一个人在房内发着大火。他叫来了鸦片烟管。片刻之后，鸦片的青烟缭绕平息了他的暴怒，他跌跌撞撞地走到书桌边坐下，从抽屉里抽出他的日记——这日记本记录了他的呓语谵言，他对着它编造了那个被恐惧折磨的掘金者的故事——如同他几周来常常做的那样，将他所受的折磨、他的绝望、他对那个年轻女子的贪婪渴求，都抛入淫荡的幻想之中，再变作文字。这日记是他绷紧的大脑宣泄的出口，是真实经历的替代品，是梦境、幻觉、自我欺骗，是麻痹他的幻术。

"你再度给我了欢愉，"他用匆忙混乱的笔迹写道，"你又升华了我的生命，将我带到了尘世幸福的喜马拉雅高峰之上。"

他的笔端狂乱飞走起来。

"当你褪去最后一层遮挡——当你洁白的身躯站在我的面前，——米洛斯的女神又算得了什么呢？我曾在巴黎拜倒在她的脚下，但现在，我匍匐在你脚下，你是勃然跳动的热烈生命！你对着我微笑——你靠近我——你在赤裸之中是如此的贞洁——你在你的贞洁之中裸露着——你是女人，是欲望，是仁慈——热血的仁慈——极致的迷醉——肉体不死的预兆——上帝激情的造物——你让我明白，我们心中最为兽性的部分，也最为神圣。"

他手中的羽毛笔继续飞舞，舞出他疯狂的欲望。在鸦片的迷幻之中，难以言喻的幻象流落笔端，——陶醉的狂喜——令人迷醉的层层揭露——最后是那有毒激情下的梦语呢喃。

# 7

第二天早晨，伊莎面色苍白，筋疲力尽地来到办事处。她的俄国朋友那张野兽般可怕的脸在梦中也侵扰着她。为了甩掉脑中那些可怕的面孔，她最后试图在一本书中寻找庇护。可就是她读着书，听着蚊子围绕着床上的蚊帐发出刺耳的嗡嗡声时，她的潜意识仍不断折磨着她，向她提出那令人忧惧的问题：他怎么了？他为什么那么粗暴地赶走了她？那是突然发作的疯癫吗？也许是一种热带疾病？是热带精神病吗？

她关心这个救过她的男人，为他感到担心。此外，他也是她在东亚遇见的最有趣的人。瑞安和那些年轻男子都是能干、健壮的商人、运动员、官员，一眼就能看清，没有什么秘密。菲尔金让她着迷。他情绪不定，让人捉摸不透，尖酸刻薄；他知道得比其他任何人都要多，他眼中的中国比他人眼中的要浪漫有趣，充满冒险与神秘；他看待世界的方式也与所有的这些务实的英国人、美国人截然不同。他对一个没有什么人生经历、对人性了解不多又充满着求知欲的年轻女子而言，是一种强烈的精神诱惑。

威廉姆·瑞安跟她打招呼时，不安地将她打量了一番。

"早上好，伊莎小姐！您看起来有些苍白？没睡好？"

她点点头。她想要倾诉，但有什么顾虑让天性善良的她欲言又止。她感到自己若说出来，就泄露了一个信赖她的人的秘密。

"一定是这天气太过潮湿闷热的缘故，"瑞安安慰她道，温柔地拍了拍她的手，"希望过不多久就能来一场同情我们的小台风。"

他突然放下她的手，走到晴雨表前，轻扣上面的玻璃。

"气压不降，总是指着'晴朗'。不过您知道吗？"他想到了什么事情，焦急地转过身来面对着她。"我今晚要开车去黄浦江上游，拜访一个中国生意伙伴。您也一道去吧，在车上吹吹风会对您有好处的。"

"可惜我去不了。非常谢谢您，但我得去菲尔金先生那儿一趟。"

他急切地抬眼看她：

"您昨天不是刚去过吗？"

她点点头，有些迟疑地回答道：

"他身体不适，我得去看看。"

瑞安沉默了片刻，遏制住心中强烈的嫉妒，镇定地说了一句"打扰了"，拿起一些文件摔到写字台上，说道：

"这是我们上一次发货的船货清单，我们来过一遍。"

到了下午，她害怕起来。要是菲尔金还是那种可怕的状态该怎么办呢！要是他不愿见她呢！她打了个电话过去，接电话的是那个老仆人，两人听不懂彼此说的话。于是，她打算出门，心里计划只向那老仆打听他的情况。

因为瑞安要用车，所以她就叫了一辆黄包车。

伊莎有些害怕地踏入菲尔金家的门厅，在那里遇见了他的老仆。

"电话上没听懂。"他咧着嘴笑，向她表示抱歉。

"你主人怎么样了？"她又急又怕地问道。

"好着呢！"他点点头，指了指那个中国房间。

伊莎犹豫地走了进去。窗帘都放了下来，整个房间一片昏暗的绿色。一开始，这女孩什么也看不清，等眼睛适应了之后，她看到鸦片椅上躺着一个人。

菲尔金从前一天开始就一直在鸦片的幻梦中昏睡不醒。现在，她亲身进入了他迷醉的幻想之中，而他曾在释放的迷醉中亵渎了她如梦的幻影。他从枕头上抬起头来——凝视她——分不清她到底是他幻想的产物还是现实中人。他吃力地从椅子上起来，跌跌撞撞地，兴奋若狂地走向她。

她在昏暗的光线中清楚地看到他充血迷离的双眼、他凌乱不堪的头发，还有他肮脏不整的衣服。对疯病的恐惧攫住了她，她想要夺门而出，却被他从门边赶开，挡住了出口——他摇摇晃晃地扑向她——张开双臂——两只手钩成爪状。

"你在这里？你来了？！"他口吐着白沫，艰难地从齿间挤出这两句话来。

她往后退了退，背部撞到了一张小桌子，有什么东西当啷一声掉在了地上。她知道是那把匕首。

他就要抓到她了。她弯下腰——快速地——没有多想——全然本能地——在地板上摸寻——摸到了刀刃——匕首从剑鞘里掉了出来——她飞快站起来——他抓住了她——抱住了她——她闻到他身上病态腐坏的气息——他将她抱紧——发疯地抱紧——难以抵挡的疼痛——极度惊恐之中——她刺向

51

他——紧闭着双眼。

她刺中了他的手臂。

疼痛让他清醒过来。他恢复了意识，放开了她。他清醒地望着她，看到她手中的匕首。他的眼中闪过一个念头。

"没错——没错，"他叫道，"你是对的。死在你手里也是莫大的幸福。杀了我！把我这祸害从这世界上清除掉！"

还没等她明白发生了什么事，还没等她从惊恐无措中缓过神来，他就用双手抓起她那只拿着匕首的手，抬起来，用尽全力刺向自己的胸膛。

她怔住了，任凭刀刃刺进他的身体。

这样持续了几秒钟，这漫长的几秒钟内，血液全都从她脑海中退却，只剩下一片错乱的空白。然后，他握住她的双手松开了，他的手指湿漉漉地划过她裸露的双臂——他的身体重重地滚到她脚下。他咕噜嘀咕几声——动了一下——然后安静下来——安静得可怕。

伊莎站着——站着——眼神呆滞。她的脑中是一片空洞洞的荒芜。她站着，眼神呆滞。他在昏暗中躺着，寂静无声，身体古怪地蜷缩着。血液又慢慢流回到她脑中，恐惧的感觉和思考的能力又重新回来了。她张开了嘴，有什么东西已经塞到了喉咙口，却喊不出声来。她环顾四周。周围一片寂静——阴森森的——寂静无声。房间里，整栋房子内，没有一丝声响。

她突然害怕起来，怕那死人。她不怕获罪，只是怕那死人。

她小心翼翼地绕开他，双腿无力地颤抖着。她找到房门，打开了跑出去，穿过走廊，摔开大门——看到了光线、光明和自由。她一刻也没想过要叫那老仆来，心中只有本能的知觉：

52

离开，离开！她穿过了花园，打开了铁门，没看到从黄包车上跳下来的车夫，顾自跑着，她要跑进光线里，跑进光明与自由中，她越跑越快，都快喘不过气来了，她要摆脱之前发生的可怕的一切，逃离那个阴森可怖的房间。

她跑进附近的一个村庄里，慢慢走起来。她几乎要喘不过气来了，胸脯急剧地起伏着。她像什么事都没发生一样，仔细地观察起这个陌生的中国村庄里的每一个细节。

她看到几处贫寒的茅屋，用竹杠撑起四角，朽坏的木板盖顶，竹席围成的四壁已被掀起，地面则是肮脏的泥地。室内有一张桌子，一个乱石砌成的灶台，以及一席几块木板叠成的床铺。一个裸露身体，只在腰间系一围兜的女人在屋内忙碌着。四下里都有光着身子，只在头顶留发的小孩儿在烂泥中玩耍。这些茅屋搭在一条发臭干涸的河床边上，里面的污泥中陷满了棚船。

路的当中有一些嵌进地里的土槽，满是臭气熏天的排泄物。这是村子里的厕所。一个年轻女孩正蹲在槽边解决她的生理需求。而在这一土槽的另一侧，站着一个男孩，也在做着同样的事情。

伊莎无比清晰地看到这一切，尽管脑中一片嗡嗡声，思绪却在别处游离。她注意到男男女女都好奇地看着她。她看了看自己，她白色短裙上沾满了血。

她赶忙跑开了，又漫无目的地向前跑起来，最后到了村子边缘。

她听到身后有沉重的脚步声，惊恐地回头望去，看到两个穿卡其色制服的中国男人，身后乌压压站着一群男男女女和小孩。

她又奔跑起来，这次是有意识地、害怕地逃走。

那两个男人截住了她，将她揪住。她尖叫起来——"不是我做的！"她不停地喊着，歇斯底里地，尖利地，毫无意义地叫喊着。

这些警察并不理会她的尖叫。他们带着她往回穿过村子，经过那些赤身露体的男男女女和孩子。他们瞪着惊恐的双眼，彼此交头接耳。


# 8


这是近年来欧租界内发生的最大丑闻。当天夜里，租界内所有沙龙里，或好奇，或激愤，或道德谴责性地，或纯粹猎奇性地，都对此事议论纷纷。

"什么！伊莎·霍费尔！那个漂亮亲切的女孩！"

"琼斯先生，您怎么能说这个人漂亮呢！我就从来不能理解，男人都看上了她什么！"

"但是，斯密斯小姐，您可别忘了，这些德国人是多么的残忍嗜杀。而这种本性总会一再暴露出来！"

"只要想象一下，冷血地将一个人用他自己的匕首刺倒在地！"

"冒昧插一句，这真是冷酷得骇人听闻！"

"显而易见，这背后隐藏着一个爱情故事。"

"您不知道么，亲爱的汤姆，这个人是在上海最臭名昭著的街区里偶然结识她的。"

54

"啊，我不知道！"

"真的，是真的。而且她还在他家住了好些日子，门挨着门地"——压低了嗓门——"睡觉！"

"雅克布太太！！！"

"我向您发誓，亲爱的！是菲尔金的仆人今天下午抖了出来的。"

"瑞安竟然还有脸把这个下流败坏的女人介绍给我们！"

"啊，瑞安！瑞安自己正热恋着这个女妖呢。我可以告诉您，亲爱的朋友，我从一开始就不相信她。她的眼神里总有些什么不对头。总有些——怎么说呢——有些凶光。这种东西我看得出来。当她那时候被塞到我们跟前的时候，我就对我的彼得说过，彼得，我是不是说过，就在我逮到你跟这个陌生女人谈天调情的时候，是不是说过，我们跟她不是同一种人。我受不了这种人，这个危险人物在瑞安的沙龙里出现的第一个晚上，我就告诉过我的彼得了。"

谣言纷飞，碎语连连，听得人摇头纷纷。曾经围拥在伊莎身边、想同她亲近的年轻男士们，这会儿十分绝望，像是受到了"迎头一击"。这个开朗可爱的女孩竟然是个杀人犯！到头来，真的被那些成天编造"女性灵魂的秘密"的作品，那些在小说中试图使人相信，女性的心性是半点儿不能为人所看穿，宣扬女性神秘论的作家们说中了吗？难道这些感伤的小说真的不是这些作家们的商业诡计吗？他们私底下相互串通，一起保护这个永不枯竭的素材。不过，当一个纯真可人的女孩将一名男子刺倒在地并逃之夭夭的话，那么这个女人一定比人们想象的还要神秘。

这一天晚上，办公大楼、办公室和商铺里的年轻男士们都用羞怯的眼神扫视沙龙和餐厅里的女士们。

当瑞安拜访了他的中国生意伙伴深夜回到家中，报纸上这令人震惊的消息让他猝不及防。

《上海泰晤士报》一如既往地摆在桌子上。这些叠得整整齐齐、普普通通的印刷纸张，跟上百份曾经在这张桌子上摆放过的《上海泰晤士报》并没有什么不同；也没有任何征兆表明，它那一条条的栏目之中处处是给他设下的"致命"埋伏。

长时间的坐车令他疲倦，他打着哈欠，轻轻翻开了报纸。头版上的大字标题就给了他当头一击：

溧阳路发生一起谋杀案件
伊莎·霍费尔用受害人的匕首刺死受害人伊万·菲尔金

过了许久，威廉姆·瑞安才反应过来，明白上面写的是什么。又过了许久，他才恢复了力气，叫来了他的几个仆人。他嘴唇干涩铁青，结结巴巴地向他们询问是否有人来找过他。

仆人们按照亚洲人的惯例同他保持着一段距离。

没有，没人来过，没人来找过瑞安先生。他看得出，他们什么都知道了。他挥手示意他们退下，双手环抱住脑袋，试图捕捉住、拦截住，理清脑中汹涌奔腾、就要冲决而出的思绪。

他对死者的妒火如狂如暴地，悲哀地愈烧愈旺。浇灭它！想办法！她不可能杀人，不可能，绝对不可能。一定是有什么误会。一种不幸的关联。得做点儿什么去救她。她现在在哪儿呢？他要去找她，他要保护她！

这个坚毅的男人突然脚下一软。他想到了什么，四肢里的每一分力气都忽地被抽了去似的。他瘫坐在地上，心中满是痛苦和折磨。他想到，伊莎是德国人，而且案发地点已经出了殖民地的边界了。

伊莎落入了中国司法机构的手中。他想到这里就不寒而栗，身上的血液好似凝住了一般。他终于站了起来。

他给英国警察局打了电话。

是的，那女孩正关在中国监狱里。

他放下电话，冲出房门，命人备好车。他现在又是他四肢和思想的主人了。

当他到达位于中国城的中国监狱门前时，已经过了十一点了。他被拦在门外。他语气越发坚决地进行威胁，但看守和他的助手仍不予以通行。他们已经不再惧怕和尊敬欧洲人了。广州政府已经证明了自己的实力。在香港的英国人可耻地低人一等，而在附近的汉口正在酝酿一些重大事件。中国正在崛起，欧洲人的时代已经过去。敬畏欧洲人是过去的事情了，那时候中国人是低人一等的种族。

大半夜没有外国人来探监，英国人也不行。那看守无礼地关上了大门上的小窗子。

瑞安别无选择，只能气得发抖，握紧拳头，回到家中，无力地忍受着漫漫长夜的折磨。伊莎在中国监狱里！他的小伊莎还是个孩子啊！他知道，这意味着什么。

他那因爱而生的想象力夸张过了头。不过关押伊莎和几个中国女人的这个房间已经足够糟糕了。地上的木板被时间和鼠啮侵蚀，墙壁上脏污不堪，地下一层污秽、油脂及冷汗的混合

物，腐蚀着铺于其上的床板。狭窄的空间内充斥着臭气和热气，使得伊莎难以呼吸，昏昏沉沉地瘫软在地。

那些中国女人在角落里缩成一团，用狡黠的目光恐惧而又敬畏地望着这个杀人女犯。

伊莎平躺在硬木床板上，支起膝盖，因炎热和恐惧而大汗淋淋，全身都湿透了。

现在她已经知道，她将受到什么样的指控，她的审判者又是些什么人了。

德国领事一得到她被监禁的消息就立刻赶过来了。

"伊莎小姐，"他悲伤地问道，"这可怕的事情是怎么发生的？"

她讲述了事情的经过。

"谁会相信您说的话呢？"他震惊地喊道。

"您不相信我吗？"她惊愕得几乎说不出话来。

"我相信什么并不重要。"他斟酌道。

"要法庭相信您才行。您将在中国法庭受审。"

"我？！"

那是一个人突然堕入深渊时发出的惊叫。

那领事同情地点点头。

"战争爆发后，我们同中国的条约就被废除了。德国人已不再享有领事裁判权了。我们的司法权被收回了。"

她说不出话来，恐惧扼住了她的咽喉。

"若案件是在租界内发生的，您好歹上的是综合法庭。但在租界之外，您就会被当作中国人来对待。"

"但我是无辜的。"她绝望地呻吟道。

领事耸了耸肩膀。"希望法官能相信您的话，"他委婉地说，"您当时不应该逃走的。"

她想要回答、解释，却说不出话来。

他为了抚慰她，又说道：

"我当然会尽全力支持您的。我将为您请最好的欧洲辩护律师，尽可能地帮助您。振作一点儿，伊莎小姐。也许一切都会好的。"

他在走之前又说了许多安慰的话。他要走时，她在门口绝望地紧紧抱住了他。

"您别离开我，领事先生。"

他温柔地卸下她颤抖着的双臂。

他并不抱太大的希望。中国人会好好利用这次审判欧洲人的机会。"可怜的孩子。"他无奈地叹息道。他太清楚中国的司法程序了。

伊莎弯曲着膝盖，两手痉挛般握紧，平躺在床板上。她自己也知道中国法庭意味着什么。德国人中间就流传着一些可怕的事例。他们都知道，战争爆发后，租界内的德国人就不受保护了。

所以就有一个在满洲的德国人无凭无据被判处了死刑。还有一个在天津的德国人，推开了一个纠缠的小乞丐。那个孩子不幸摔倒了，脑袋撞到了排水口上，死了。那些中国人判了他十一年徒刑——监禁在中国监狱十一年——十一年生不如死的折磨！

伊莎呻吟起来，她的狱友们个个都打了个寒颤。她是一个可怕的魔鬼！

要是他们判处她死刑！她多少听说过中国的处决，听说过那无比残酷的刑罚，那缓慢绞死人的过程，还有那……

她的意识模糊了。一种轻柔、仁慈的昏厥笼罩着她。但她仍然时不时地醒来，重新感到折磨、绝望与恐惧。她觉得自己会在这浑浊炎热的空气中窒息。她跳起来，在黑暗的空间里摸索着走动起来。她碰到一群吱吱乱叫的老鼠，吓得蹲在地上，战战兢兢直起身来，又跌跌撞撞地走向自己的床铺。

那些中国女人恐惧地倾听着。谁知道这个谋杀了一个男人的女人会对她们做出什么事来！现在她又安静地躺下了。这个谋杀犯在谋划着什么？现在她抽噎起来！她哭了！

这些中国女人松了一口气。会哭的人是不会行暴的。

是的，伊莎终于哭了。

谋杀、监狱、法庭、审判，那些听上去无比遥远的事情，那些本以为同自己不会有半点儿联系的事物，突然就降临到她头上，缠绕住她，成为她生命里的一部分，成了她真真切切的灾难。她无法理解。她感到自己被粗暴地攫住，抛入可怕的黑暗之中。她终于流下了眼泪，像一个在幽暗危险的丛林中迷失了方向的孩子那般，悲伤地哭了起来。

# 9

一夜折磨之后又是一个仁慈的早晨。这一夜，在那栋壮美的常春藤环绕的安妮女王风格的宅邸内，威廉姆·瑞安在他的客厅里一刻不停地走来走去。而他的左右徘徊却并不是毫无收获。他彻夜未眠，来回踱着步，反复思量着，决定着。

他洗了澡，喝了几口茶水，又来到了中国监狱。

尽管天还很早，但已经允许他进去了。当他穿过满是污秽的院子，看到这个发霉腐烂的处所，想到伊莎在这里度过了一个晚上，又想到伊莎最乐观的情况就是在这个地方关上几年，落得个疾病缠身时，他的心就怒不可遏地剧烈跳动起来。

这个鼠窝一般的地方没有探望室，他被直接带到了牢房内。

牢房内的人很早就被叫醒去接装在盆里的稀饭。稀饭上飘着一层脏物，散发着令人作呕的气味，让伊莎十分反胃。她请人弄点儿水来洗漱，那人却带着亚洲人的漠然对此充耳不闻。

于是，她就这样坐在床板上，没有洗漱，脸色因一夜未睡而显得苍白，头发凌乱，衣服也脏了、皱了，双手绝望地抵在膝盖上，疲倦麻木地等待着新的一天将给她带来的打击和不幸。

就在这时，牢门打开了，看守让威廉姆·瑞安进了牢房。

两人一动也不动，对视良久，谁也说不出话来。瑞安震惊于这个可爱的人身上所发生的变化和所受的屈辱；而伊莎则为在危难孤独的时刻看到一个朋友、一个救助者而欣喜若狂。伊莎先开了口。她轻轻地——抽噎着——叫道："瑞安先生！"

她想要跳起来，跑到他身边，但她的双脚不听使唤。但这时他已经来到她的身旁，握住了她的双手，沉默、心痛地紧紧握在手里。

那些中国女人好奇地用她们狡黠的黑眼睛看着他们。那看守尽职地站在门里。但是这两人已经忘却了周围的一切。他们握着彼此的手，悲伤、怜惜地望着彼此，五官被痛苦与哀伤绷得紧紧的。

"伊莎。"他终于开口了。

她的双眼一下子就润湿了。

他从上到下打量着她。她感到他的目光停留在她裙子上那一大块丑陋的棕红色血迹上。

她抽回了双手。

"我是无辜的。"她用嘶哑的嗓音冷冷说道。

他点点头，在她身旁坐下来。

"您相信我？！"她低语道，抑制不住流下了喜悦的泪水。

他惊讶地问道："谁不相信您？！"

"我觉得德国领事怀疑我说的话。"

"他不像我这样了解您。您怎么可能杀人呢，伊莎小姐！"

她于是清晰地向他讲述了事情的经过。他认真地听完了她的讲述，然后痛苦地说道：

"我很能理解德国领事。我当然知道一切就是您所描述的那样。但我不得不说，这对于不像我这么了解您的人来说太不可思议了，菲尔金怎么会抓住您的手，自己刺死了自己呢。"

"但是事情就是这样的！"她哀叹道。

他抚摸着她的手臂。"我知道，伊莎。我只想指明您现在的危险处境。"

"可怕的是，我作为德国人，却要上中国法庭！"

他又点了点头，然后迟疑不决地看着她。

"怎么了？"她问道，一边用手整了整凌乱的头发。

"有一个方法可以帮您摆脱这厄运。"他轻声地、缓慢地说道。

"有方法吗？"她激动地将双手放到他的手臂上。

他犹豫地点点头。

"但是您却不肯说？您就让我一个人担心害怕得要死，不管我了？"她不解地嚷道。

他痛苦地寻找着恰当的语言。

"您快说啊！"她急迫地逼问道，"告诉我这方法！"

他胆怯地看向一边，说道："方法就是，您——要——同——我——结婚。"

他不看她。他只感到她一阵惊讶，她的双手从他的手臂上滑落下来。他把头低到了胸前。他内心深处早就知道，即使是为了逃离这个中国地狱，她也不愿成为他的妻子。他的羞耻心和他对年龄的自知之明早就告诉他这一点了。

但这时，他听到她近乎窒息的声音：

"您要同我结婚？"

他立刻将头凑近她。他直视着她棕色的大眼睛，过去几个小时里的惊恐在她蓝色的视网膜布满了血丝。她瞪大了眼睛，直勾勾地看着他。

"是的。"他大声叫道。

"您要在我潦倒受辱、蒙受冤屈的时候同我结婚？"

"是的。"他这样答道，尽管心中千万种感情奔涌如潮，但却只就事论事地说出这干巴巴的两个字。他还想说"我爱你"，但却说不出口，只是补充道："如果您是英国人，那些中国人就要将您移交给英国法庭。"

"可是——瑞安先生——您在上海租界里备受尊敬——就算我是无辜的——我也知道，我在租界内人眼中是什么样的。我还不至于那么天真，不明白一个被指控谋杀的女孩——"

"但是伊莎！"

63

"不，不，瑞安先生，我不能接受——"

这时他握住了她的手，终于说出了那句话。

"伊莎——我爱您。我早就爱上您了——"

她抬起头看着他。

"您爱着我？！"

"非常爱您，伊莎！"

"现在还爱着我？"

"一个不幸的意外怎么会改变我对您的爱呢！"

她听罢将头埋在他的胸前，哭了起来。瑞安感到她的泪水湿透了她的白裙和他的衬衫，沾湿了他的皮肤，感到她的泪水美好而又温柔。他默默地抚摸着她的头发。

那些中国女人愚钝不解地睁大了眼睛。那看守人严肃地考虑着是否该对这两人古怪的对话进行一番干涉。

伊莎这时候把脸从他的胸前移开，快速地弯下身子去亲吻他的手。他大吃一惊，惊讶地不知道要将手抽回。她又含混不清地说道：

"我永远，永远都不知道该怎么感谢您才好。"

"伊莎！"他错愕地喊道。

他突然觉得心里很痛。他没指望她会爱上他，他也知道她不会。相反，他整夜都在同顾虑与担忧缠斗着，害怕他这么看起来像是利用了她的危难处境。她一字不提爱他，让他感到胸口生疼。他因此说道：

"伊莎，这只是个形式。当事情过去之后，您可以毫无顾虑地同我离婚。"

"原来如此！"她明白了，痛苦地蜷缩成一团。对于女人，

64

他总是想要拥有她最原初的样子，却不想守护她。

这时，他胸中的疼痛骤然消失了，这个可怕破败的囚室突然变得明亮而美好。他像一个小伙子那样愉快地欢呼道：

"伊莎，我刚刚那么说，是因为我不知道您是不是爱着我——如果您能永远待在我身边，那将是我莫大的幸福。"

"永远——永远！"她认真、动情地脱口而出，疲倦、温柔地偎依着他。

他把她紧贴在胸口。

她抬起头，羞怯地笑道：

"要是我的脸不那么脏的话，我会让您亲我的。"

话音刚落，他已将她的脸蛋捧在双手间，用热烈的亲吻覆盖了她的嘴唇。

就在此时，看守人毫不迟疑地、怀着尽忠尽责的热情对此加以干涉。

天知道这些白鬼会做出什么事来。刚才那样子太过分了，实在太过分了。

# 10

伊莎和威廉姆·瑞安这一天早上就在中国监狱里举行了婚礼仪式。这之后，两个威严的印度巡捕——他们在她抵达上海之夜曾给予她信任感与安全感——将这个年轻女子转移到了福州路二十八号的英国中央警署。

整个租界内又有了闻所未闻的新爆料。这个从未有过的新奇案件现在才真正有意思呢！英国租界区最受人敬仰的人娶了

一个谋杀犯！还从没发生过这样的事情。在这种群情激奋的年头里，在法庭上击垮一个白人女人，就是对欧洲威望的极大挫伤。

一定是这样——政治原因——就是么！但是这种事情也有令人兴奋的人性化的一面。瑞安才不是出于政治原因同这个有谋杀嫌疑的女士结婚的呢。背后肯定还有什么原因。——

整个租界内就如同一把烧开的茶壶般沸腾不已。汽车飞驰在欧洲人聚居的别墅区内美丽的街道上。人们在极不寻常、极不适宜的时间内相互拜访，急不可耐奔向彼此，就这一不可思议的事件交换彼此的看法。上海还未曾有过如此轰动的谈资，可以引发如此多的闲言碎语——不仅在林荫道边漂亮的别墅里，也在上海滩边的办事处内。所有的办公室在这一天只讨论一个话题——威廉姆·瑞安那出人意料、不可思议之举。

谁要是碰上了这位"不可思议"的先生——在这个黄浦江边狭小的商业区内，那可不是抬头不见低头见么？——如果可能，就绕道而行；但若免不了照上了面，也不好奚落人家，就只能报以尴尬一笑，祝贺这位先生充满男子汉气概的权宜之计获得成功，并预祝瑞安太太能在法庭上证明自己的清白。

瑞安冷冷地道了谢，淡定地说自己也希望如此，然后不为所动地继续走自己的路。

他请了英国最好的诉讼律师——做辩护人，面对瑞安满是担忧提出的问题"她会被判刑吗？"他有些闪烁其词："上帝与法庭面前，一切皆有可能。"

但瑞安了解他，知道他说得悲观，心里想得乐观。

伊莎转移到中央警署监狱后，在他的陪同下，又接受了一名英国警长、一名职位较高的警署官员的审问。

她描述了事情的经过。

"您坚持认为，瑞安太太——"每次有人叫她"瑞安太太"的时候，她总是感到陌生又亲切——"您坚持认为，菲尔金先生在一种疯病发作的状态下袭击了您？"

"除此之外，我不知道该如何解释他的行为。"

"此外，您还认为，菲尔金先生在案发前一天在类似的一次疯病发作中将您赶出了家门？"

"是的。"

"瑞安太太，我现在可以接受您的说辞，但我也许可以向您提几点疑问。"——他用余光扫视一眼辩护人。"首先，我不知道法庭会如何看待，但我认为非常奇怪，您在见过菲尔金疯病发作后的第二天又去了他那儿。而且据您所说，您当时就认为他有精神疾病。"

"我想去询问他的情况。"

"我知道，这个您之前就已经说过。希望法庭也相信您。但不管怎样，我还是觉得难以置信。第二点，瑞安太太，经过我们的全面调查，我们没有找到第二个注意到菲尔金先生有任何发疯征兆的人。在您的案件中，那差不多应该是癫狂症了！像很多在中国的欧洲人那样，他也吸食鸦片。也许他的情况特殊，但是根据我们的彻底调查，他是没有疯病的。"

他透过反光的镜片用锐利的眼神看着她，语速缓慢地补充道："我只是提醒您注意这几点。"

这年轻女子无助地站在那位官员面前。她那垂着的双手无力地抬起来，又虚弱地垂了下去。她看看警长，又看看辩护人，眼神里充满了迷惘与悲伤。她不知道该如何是好。她无辜地陷入了刑事诉讼可怕的机器之中，被拖曳着，翻滚着，拉扯着，随时都有被那隆隆作响的无情巨轮碾碎的危险。

她不知道自己该说些什么，该持什么立场了。到处都是陷阱。走错一步——她就万劫不复。她很清楚这一点。她关押在英国监狱里所受的友好礼遇也欺瞒不了她。

她不再是几周前在上海港口离开"科隆号"远洋船时那个不谙世事的修道院老师了。她认清了各式各样的人和错综复杂的生活关系。她清楚地从那些审判或审理她的官员的表情上读出，这场官司就是在英国法庭上也不是轻松的儿戏，而是一场关于生死的血战。

然而，无论她在上海经历了什么、遭受了什么，她仍然只是一个十九岁的年轻人，被命运卷入了法律条文与证词的迷阵、恐惧与无助的漩涡。瑞安每周可以在看守人的监视下探望她两次，每次半小时。这个时候，她就打起精神来，装作一副无忧无虑的样子，坚信自己是清白的、不会有事。她不想在这个已经是她丈夫的男人面前展示自己的软弱。但当他走后，她一个人待在那干净明亮、几乎可以算得上舒适的牢房里，感到被四壁压迫环绕时，那些折磨人的想法、对未来的恐惧，都会重新复苏；那个所有不幸的人都会提出，但却没有答案的问题，又会重新浮现：为什么是她，偏偏是她，陷入了这一连串不幸的巧合之中？为什么千百万人中偏偏是她这个年轻女孩？为什么偏偏是她，离开了宁静的修道院，来到了遥远的地球东面，又经历了这无法想象的事？茫茫人海中，为什么偏偏是她？！

她神情恍惚地站在那警长面前。

"您还有什么要说的吗？"他冷静地问道。

"没了。"她用几乎听不到的声音答道。

辩护人陪着她回到牢房内。

"伊莎小姐，"他开始说道，"警长方才的暗示十分实际，也很人性。如果我们坚持声称菲尔金先生在疯病发作的情况下袭击了您，您为了自卫拿起匕首，然后他用您拿在手中的匕首刺死了自己的话，如果我们在法庭上坚持这个说法的话，那么我们的辩护就会被菲尔金先生从未有过疯病的证据所驳倒。这个证据可以推翻我们辩护的基础。"

伊莎本来已经累得坐下了，现在又激动地跳了起来。

"那我该怎么说呢，费尔曼先生？！"她激动地喊道。"事实就是如此。"

"或许。"费尔曼简短地说道。

她痛苦地将双手手掌按在太阳穴上。

"您也怀疑我吗？！"

"我们应该保持冷静，瑞安太太！"他温柔地责备道。"我们现在要玩一局赌注很高的赌局。我明白，要在这种情况下保持理智并不容易。但是我们必须保持冷静，不带任何感情地衡量我们的机会。"

"我已经很努力了。"她像个孩子般哭诉道。

他抚摸了她冰凉的双手。

"菲尔金袭击您，也许还有另外一个更加令人信服的原因。"他深思熟虑地说道。

"什么原因？"她天真地问道。

她的辩护人用犀利的眼神盯视着她。这个漂亮的年轻女人到底是一个演技精湛的女演员呢，还是一个天真无知的小女孩。他从一位英国女士那里已经了解了一些情况了。但是德国人完全是另一种人。人们总是听说他们在战场上是如何的狡猾与诡计多端！他真的看不透这个漂亮苍白的年轻女人。

他小心翼翼地继续试探。

"也许菲尔金爱上了您。"

"菲尔金爱上了我！"她苦笑一声。

"有一种爱不是发自内心。"他继续试探着。

"而是？"她诧异地问道。

"发自欲望，瑞安太太。"

"我不太明白。"她单纯地承认道，像一个修道院的女学生。

"该死。"费尔曼在心里诅咒道，愤怒地绷紧了他那张肥胖的脸，那刮得光光的脸颊红彤彤的，涨的好像要裂开似的。"这小畜生在表演无耻的滑稽戏吗？！"他恼怒地大吼道："我亲爱的好瑞安太太，您总不会相信小孩儿是狐狸送来的吧。"

"不相信。"她惊讶地回道。

"那就好了！那您就该知道一些男女关系的事情。天哪，可别把事情弄得那么复杂！有没有可能，他袭击您，是因为想占有您——就像男人想占有女人那样？"

伊莎苍白的脸上泛起一阵红潮。她突然明白过来了，感到十分羞耻。

在修道院里不会有人谈论与情爱有关的东西。伊莎十九岁了，像一切有思考能力的姑娘一样，她当然知道生命延续的神圣秘密。但她所知道的一切仅仅是理论上的。她是那种纯洁懵懂的女孩，从未接触过与性相关的事物。她也许模糊地知道些什么，但从不去探究，不去细想，也不去感受。在遇到菲尔金和瑞安之前，还没有一个男人进入过她那被保护着的生活中，也没有什么诱惑曾经靠近过她。现在她突然懂了。曾经蒙着的那层纱掉落了，一切都明朗了。菲尔金自然是渴望她这个女人！他那张狰狞的脸又浮现在她眼前，她可以从他那扭曲的五官上清清楚楚地看到他的激情。她突然无法理解，为什么她之前没有发现这些呢。第一天的时候，他还试图控制自己，所以那么粗暴地把她轰走了！一切都清楚了——

伴着醒悟而来的一阵惊恐令她本能地用双手遮住了脸。现在她慢慢放下了手臂。她的脸上一片通红。

"我现在突然明白了一切，"她小声说道，不敢看费尔曼，"现在我知道了，他之前——爱我。"

律师清了清嗓子。她没演戏，他想。是的，他眼前的这个女孩是无辜的。他看得出来。为了说出以下那番话，他又清了清嗓子：

"请您原谅，瑞安太太，如果我刚才不得已粗暴地触及了您作为一个女人的秘密的话。但是我们现在正在战斗之中，不能够太过敏感。您也许有必要在法庭上宣称，菲尔金想对作为女性的您施暴，所以您拿起了武器反抗。"

一阵凝重的沉默后，伊莎脸上的血色消却全无，她用几乎听不见的声音说道："要是没其他办法的话，我会说的。"

"没其他办法了！"

费尔曼说着站了起来，拍了拍她的手安慰她，离开了。

71

几天之后，英国最高法庭开庭主审此案。

有关当局希望尽快了结这一桩轰动租界的恼人案件。

这是上海至今为止最为叫座的演出，开场前几天所有的位置就已销售一空。法庭上最后排一个拥挤不舒适的位置，其价格在暗中交易中已达一百墨西哥币，折合二百马克。

嗅到商机的生意人，已经及时获知弄到入场券的渠道，此时将生意做得风生水起，受益颇丰。

每个多少算得上社交圈内的人都希望亲历这场审判。此时的上海法庭毫不逊于公审典型案例时的巴黎法庭。女士们皆尽盛装出席，紧紧拥挤在硬木长椅上。而在靠墙的过道里，则站着彼此紧密相挨的英美大办事处里体面笔挺的先生、兴高采烈的法国小店员、菲律宾人、从来波澜不惊的日本人以及各色的东方人种。

拥挤炎热的大厅内嗡嗡作响，人群骚动不已。人人都翘首盼望揭开这神秘的爱情剧背后轰动刺激的秘密。

# 11

伊莎走在一个蓄着胡须、个头高大印度锡安教徒身旁显得纤弱而瘦小，她被带进法庭时，人群中又骚动起来。女士们从位置上站了起来，伸长了脖子，眼神发直，连歌剧眼镜都派上了用场。每个人都想看清这个"女杀人犯"，贪婪地研究她的面貌，把她当作一个令人惊奇的病态现象，一如恐怖蜡像馆里的一尊蜡像。

伊莎几乎见过大厅里的所有人，而所有人也都近乎疯狂地、肆无忌惮地盯看着这年轻女子——这个女人应当因为她所受到的指控而有所变化，她身上也应当有同她的所作所为相应的特质。

伊莎又避回了门后，就好像她进入法庭时引起的那些喧闹声又把她推了回去似的。尽管她无比害怕担心这场审判，但她却从没想到过要受到"示众"的折磨。她猝不及防地被抛到这些如野兽般冷酷的看众面前。她抬起手来挡住脸。那警察轻轻地碰了碰她的手臂，示意她向前走。

一种羞耻感抽去了她四肢里的每一丝力量，浇灭了这个饱受折磨、毫无防备的孤独者心中的怒火，她摇摇晃晃地走到被告席上，把头埋得深深的。她感到有人同她招手，她抬眼望去，看到了证人席上的威廉姆·瑞安，有些迟疑地投给他一个痛苦的微笑。

当众位女士们撩动着悉悉索索的裙裾坐回长椅上时，大厅内又是一片沙沙的骚动声。然后又是一阵窃窃私语声，男士们感到震撼不已。这一天站在法庭上的伊莎，是他们所见过的她最美的样子。所有男人都觉得她从来没有像这一天那么动人，苦难和忧愁将这个从前的女孩变作了一个沐浴过痛苦的女人，使她的五官更加高贵脱俗、更为成熟。

她现在蜷曲着身体坐在被告席上。一缕阳光透过一扇高高的窗户照射进来，将她头顶的秀发染成了金色，好像是一道灵光。她坐在众人目光的焦点中，因为感到羞耻而颓丧崩溃。只有那么一次，她挺了挺身，又一次朝着瑞安微微一笑。

对他而言，这是一个坚强的男人所能遭遇到的最艰难的事情：让自己心爱的女人暴露在好奇张望的大庭广众之下，无法

保护她，无法让她掩藏遮蔽在自己的生活之后。他恨不得扼死大厅里的每个人，毫不留情地用他颤抖的双手扼死他们。他面如死灰，眼里闪着怒火，发红充血。他感到有探询的目光落到脸上，本能地用手擦了擦额头和脸颊，好像要揩拭掉什么脏污似的。

这时，低沉的耳语声渐渐平息。上海最高大法官、陪审员、书记员和检察官等所有审判人员均来到了法庭上。

大法官勋爵是位慈祥的老者。他以亲切鼓励的方式提出了开场几个程式化的问题。伊莎尽管心乱欲碎，还是小声但却出奇平静地回答了这些问题。

然后，她该讲述案发当天所发生的事情的经过了。她想说：菲尔金想要施暴力于作为女性的我，我进行了反抗。但她看到无数双眼睛都盯着自己时，却说不出这些话来。她只是说：“他袭击了我。我在害怕之中抓起了匕首。”

法官点了点头，检察官却站了起来。

这是一个年轻人，最近才从英国派遣到租界来。他果断而有野心，依照他的职责认定被告有罪，一心要将她绳之于法。

他抬起手臂，有力地将袍子的袖子往后一甩，然后开始了英国法庭上那种将法官仅视作推动引导者，而将律师和检察官当作真正审判者的危险游戏。这种“交叉审判”刑罚的受害者便是坐立不安的被告人。

在普遍的紧张气氛之中，这位“新人”开始履行他在上海的第一次公职。

“瑞安太太，您可以认为被害人——”

法官在此处就插进话来。“他是否是被谋害的，检察官先生，还有待我们去证实。"

这年轻人有些泄气地看向法官，生气地点了点头后又重新开始："瑞安太太，您何以认为被——死者突然袭击您呢？你们早就认识彼此，不是吗？"

"是的。"

"为什么说他突然袭击您呢？"

现在伊莎不得不说了。她看了眼辩护律师。他朝她点了点头。这时她才说："我只能这么解释，那就是他想要施暴于作为女性的我。"

大厅里开始低语。

瑞安一动不动地坐着。他已经知道辩护立场发生了变化。

"啊，"检察官惊讶地叫道，"这真是新奇，在此之前，您总是反复声称菲尔金表现得如同疯病发作一般。"

"现在我不相信了。"

"好吧——好吧！那我要问，是什么令您改变了想法呢？"

"我坦荡得很。"辩护律师低吼着插了进来，就像是一只哈巴狗发出的呼噜呼噜声。

"啊，"检察官略带讽刺地叫道，"这或许是因为此前的辩护是建立在一个站不住脚的基础之上吧——一个显然健康的人却突然发疯。"

费尔曼先生这时站了起来。

"之所以改变，是因为一次同代理人的交谈使我深信，一个毫无经验的纯洁少女将一个吸食鸦片过量的男子身上所爆发的难以自制的情欲当作了疯病，如此而已。"

说完后，辩护人坚定地坐了下来。

人们紧张而又快活地倾听这场激烈的辩论，脑袋频频晃动。

又轮到检察官讲话了。他像一个胜利在握的人那样润了润嘴唇。

"如果我没理解错的话，瑞安太太，您想说的是，您用匕首防卫了一个好色之徒，维护了自己的清白，是吗？"

"是的。"她轻声答道，脸上泛起了红晕。

"既然这样，我请您回答一个问题：您在可疑的那一天真的还是一个需要维护自身清白的女孩吗？"

大厅内沸腾起来。一些女士发出嘘声："无礼！"而其他一些则贪婪、亢奋地用手捏拧临近女伴的大腿。许多先生愤怒地摇了摇头。瑞安从自己的座位上半抬起身子，好像要前往干涉，但马上又克制地坐了回去。法官惊讶地抬头看了看，生气地敲了敲桌子。

伊莎气得满脸通红，她看向辩护律师，好像以此向他请求帮助，以对抗这从未有过的羞辱。

费尔曼随即跳了起来。以他那种身材，没人会指望他行动如此灵活。

"我实在不知道这个难堪的问题用意何在！"他喘着粗气说。

"您马上会知道的。"这个年轻人用圆滑而又胜利在握的语气答道。"我基于两个理由提出以上问题。第一：瑞安太太在案发的当天已经不是——处女了，而且"——他咄咄逼人地抬高了声音——"几个星期前就同被害人——或者依阁下所要求的——同死者——有了奸情。"

整个大厅炸开了锅。法官抬起手来制止喧闹。

伊莎的身体猛然抽搐了一下，就好似一枚尖针刺中了她的背部。

检察官丝毫不受外部影响，继续说道：

"既然如此，她就没什么要防卫的了，而她反抗好色之徒而进行紧急自卫的说辞也就是无稽之谈。第二，被告对上述问题的回答可作为我们检验她是否诚实的标准。所以，瑞安太太，请您回答我，您是否在案发前几周内就已经是死者的情人？"

大厅内鸦雀无声。人们忙于倾听，甚至忘记了呼吸。瑞安在座位上不安地来回挪动。伊莎无力又无助地环顾四周。辩护律师站了起来，想回敬些什么，沉思片刻后却只冷静地说："瑞安太太，请您冷静地回答这一问题。告诉我们真相。"

"菲尔金先生从没碰过我。"伊莎喘着气，哽咽道。

"您能就此发誓吗？"检察官立马问道。在英国的刑事诉讼中也被允许被告人起誓。

"能。"伊莎坚定地说。

大厅里的沉默被打破了。

"我请求被告人就其陈述起誓。"费尔曼先生叫道。

法官转向伊莎。但检察官却抬高了手臂，像是在发出某种警告信号。

"如果被告人已经准备好进行宣誓了，那么我只能遗憾地请求阁下，法官大人，在此之前宣读一本在被害——死者书桌中找到的日记。我也希望我们今天根本无须宣读这本日记。"

真是难以置信！这就是这位检察官举止之间显得如此胜券在握的原因了。

律师迷惑地看着伊莎，心中满是疑虑。他是不是上了这

77

德国女孩的当了呢？她是不是狡猾地在他面前装了一回无辜呢？他接过检察官递给他的那些纸张，粗粗看了一眼。

"待会儿我将通过证人和笔迹鉴定证明，这些日记为死者所写。"年轻人彬彬有礼地解释道。

费尔曼沉默地将这些文字递回。检察官将其转递给法官后说：

"我请观众自行决定宣读日记时的去留。日记中的某些内容实在有伤体面。"

与此同时，费尔曼又严厉地将伊莎的表情审视了一番。他看到她不知所措，完全无法理解检察官的突袭到底为何意。他又重新信任她了。他在瞬间做出了决定。

他想冒一次险，尽管这关乎她的生死。他想信任她。要是他错了的话——见鬼，那他就输了一场大官司。不过现在只能向前！既然她已经被公开诽谤得名誉尽毁，那么她也应该公开被洗清罪名，而不是在私下里。让要来的都一起来吧！

"我反对将公众排除在外。"他声音嘶哑地喊道，并给出了原因。

观众们鼓起掌来。

法官不满地要求庭内安静下来，难以断绝地衡量手中的日记。

"既然整个法庭都为这些书面材料所震惊——"

"原告认为可以放弃这些材料。"年轻人带着歉意插话道，以回应暗中的指责。

法官继续说道："法庭不能对是否将公众排除在外做决定。结合辩护律师的观点，法庭给予被告继续公开为自己辩护的权利。我尤其建议观众中的女士们离开法庭。"

没有任何动静。

靠墙站立的男士们嘴角浮出一丝微笑。

女士们执拗地坐着，但是身体略微弯曲，好像这样就能让人无视她们的存在似的。

法官又等待了片刻。这张敏锐机智的脸庞上波澜不惊，只在一双蓝色的眼睛内流露出讥讽的神色。他抿了抿无须的嘴唇，说道：

"等到你们之中所有顺从自己羞耻之心的人都离开法庭后，我便开始宣读这些文字材料。"

过不一会儿，大厅里就落下一个不幸的鸦片致幻者错乱迷醉的絮絮谵语。一个错乱情欲驱使下发生的疯狂故事。毫无遮掩的叙述、一段放荡的恋爱关系中最为露骨的亲密行为——一切都严格按照日期加以记述。

"8月16日。今天伊莎又到我这儿来了。她将她年轻的身体所能给予的一切都赐予了我……"

毫无顾忌的揭露，血性的野蛮狂欢，充满淫欲的叫喊……

法官不时停顿下来，又吃力地继续往下读。女士们将惊慌失措的脸蛋埋得深深的。门时不时就被打开，那是听不下去的人离开了。

检察官坐着，脸上带着嘲讽的微笑。书记员茫然地瞪着一双眼睛，不知道该看向何处。

瑞安一动也不动。脸僵硬得就像块石头。辩护律师只是抬眼看看伊莎，研究她面部表情的变化。

她两眼瞪得大大的，几乎是毫无表情地坐着。一开始她还多次虚弱地叫喊："这不是真的！这不是真的！"

到后来，她失去了知觉，这可怕的一切都好像只是一个梦。她费了好大的力气才明白，这是对她的审判——她曾经多么害怕这一天啊——那个她在英属殖民地最高法庭受审判的日子。

那里是法官——她的法官在朗读那些可怕的疯话——那边有好多人——那边是瑞安——他的脸色多么僵硬、多么陌生啊！他相信这一切吗？为什么辩护律师不针对这些可怕的谎言说点儿什么呢？她突然叫喊起来。她突然明白过来，她是在所有这些人面前被人从身上扯去了衣服，她现在正赤裸裸地站着——她身体上的每一分纹理都置于众目睽睽之下。

她反抗地叫起来。

但是法官还在不停地读着，直到读完最后一页。

最后一页的日期正是菲尔金死亡的日子。


# 12


当勋爵殿下，也就是法官大人停止朗读，将本子放下之时，整个大厅都在沉寂的羞耻之中等候着。

检察官郑重地欠了欠身子。他赢了。现在他要将战果纳入囊中。

但他失算了。他把弓拉得太满，以至于弹到了自己手上。他不了解殖民地，也不懂殖民地人的骑士精神。他们身体里依旧流淌着从前那种尊崇女性的血液。那时候在这些遥远的国度里，白人女性被视作稀有的珍宝，因而是不可侵犯的偶像。他如此无情地揭露一位女性，激起了所有女士和男士们的不平。气氛不可思议地对他充满敌意。他在所有人眼中是最为糟糕的一个人——不是一个绅士。

费尔曼这时也站了起来。作为一个老殖民地人，他已经敏感地察觉了这种气氛。他同情地用目光扫视了一下那个毫不知情的年轻人。

检察官说道："证据呈送完毕。"

法官却说："首先请辩护律师就这些纸质材料进行解释。"勋爵殿下轻蔑不悦地指了指那日记本。

这位年轻人仍是一片懵懂，自信地坐下了。

这时年长的律师开腔了："首先我表示十分遗憾，检察官先生秉承英国政府的一贯作风，以其骑士风度对待一位女士，用这些书面材料出其不意地攻击她。"

掌声如雷。

检察官跳起来想回应。

但是法官生硬地强调说："现在轮到费尔曼先生发言。"

这位自信的检察官这时才开始明白过来。他惊讶地环顾大厅，寻找对他的肯定，却只看到众人拒斥的表情。

费尔曼继续说道：

"无论是出于职责还是出于体面，检察官都应将这些书面材料在审判之前交予辩方，而不是将其用作埋伏。"

掌声。勋爵殿下频频点头。

"那样辩方就能在审判之前指出，这些材料是完全没有任何效力的。"

掌声。勋爵殿下一动不动。

81

这年轻人又明白了些。

"那么被告人就不用在最高法庭和整个上海面前蒙羞。"

喝彩声。法官一动不动。

这年轻人脑中一片混乱。他明白了大半,感到头晕目眩。

"现在我可以放心地回到我最初的观点:写下如此污秽文字的人一定是个可怜的疯子。没有一个神志清醒的人会写出这样的文字。被告人自愿立下誓言。一边是一位名声正派的女士的誓言。我们领区之内最有声望的人认为同她结为夫妻是件正派体面的事情。"

——高声欢呼——鼓掌。

"——另一边则是一个没有半点儿人之羞耻心的精神失常者的胡言乱语。我相信,没有人会对该信任谁这个问题产生任何疑虑的。"

检察官输掉了这场博弈。法庭宣布伊莎无罪。

精疲力竭,心力交瘁,伊莎已然麻木地无法知觉也无法思考了。她在瑞安的怀中跟跟跄跄地穿过欢呼雀跃的人群,走出法庭。

# 13

铁行轮船公司的"马其顿号"开足了马力,呼啸着穿行在香港港前新绿初上的岛屿迷宫里。天空下着小雨。远近迷蒙一片。但就在这水汽氤氲之中,有一座圆锥形的小岛,却不可思议地沐浴在阳光之中。

在这艘开往伦敦的远洋船上,有一部分旅客将中途在香港下船。伊莎和瑞安就属于这部分旅客。

当这个女孩在审判结束后开始了她年轻的婚姻生活时，陷入了一种难以抗拒与挣脱的忧郁之中。她沉浸在悲伤之中不能自拔，丈夫亲切的关怀与周到的体贴也于事无补。

威廉姆·瑞安在法官宣读菲尔金遗留下来的日记之时，没有片刻怀疑过妻子的清白。他在这一生中最为艰难的斗争之中咬紧牙关，以致颧骨更加分明凸显，竭力不让自己一跃而起，夺下法官手中的日记，甩到那一脸得意、幸灾乐祸冷笑着的检察官脸上去。

伊莎无端遭受的屈辱与不幸只会让他对她的爱变得更加深沉与高贵。她被同情所浸透，被一种想要补偿她所遭受的命运带来一切苦难的温柔所浸透，她是世界上最珍贵的。他深深地同情她，愿用温柔补偿命运带给她的一切苦难，她是他在这个世界上最可贵的珍宝。

他焦急如焚地看着她无论是在办事处，还是在家中，都沉默不语，看着她脸色苍白、眼圈发黑，眼睛总是湿润润的，充满着痛苦。他知道，一个年轻人遭受了这样的可怕打击后，不可能无动于衷地继续前行。

他不问她什么，从不提及那残酷的过去。他想办法让她高兴起来，帮她消遣解闷，希望她的生活重新恢复青春活力。他带她去大华饭店梦幻般的大厅里听音乐会，去卡尔顿咖啡馆上的屋顶花园上看杂耍，陪她漫步在这座奇异迷人的城市里。这个亚洲大都会的欧化区域神秘莫测，糅合着纽约的灯火辉煌、柏林的干净整洁、巴黎的华丽商铺和伦敦市中心的繁华交通。他试图重新激起她对茶叶生意的兴趣。

她就那么跟着他，呆滞地微笑着，坐在他的身旁，因感激他的善意与体贴而伸出手来抚摩一下他的手，但眼里却始终蒙着悲伤与痛苦的阴影。

这是因为，令伊莎感到痛苦的不是过去，而是当下。她下意识地对当下生活的走向大失所望。

像每一个年轻女子那样，她心中对于未来的展望是一个模糊不清的梦。这梦在修道院时是苍白朦胧的；而在上海那些慢慢醒悟的日子里，则是彩色清晰的。

现在她的生活已经定型了，就像每一桩婚姻都会以某种方式让一个女人的生活固定下来，将其从渴望与梦境的朦胧地带引入现实之中那样。这现实让她感到不幸。宽容温存和动人的绅士风度是爱情恩赐的精致附属品，它们本身仅仅只是爱情黯淡无光的替代品。

但伊莎不爱瑞安。

但她自己并不知晓这一点。她在危难之中同威廉姆·瑞安结了婚，在毫无选择的危急关头自认为爱上了他。但那其实不过是将巨大的感激之情、逃离死亡恐惧的喜悦与得救的欢愉雀跃当作爱情罢了。

直到在当下的婚姻生活里，在风暴过后的宁静之中，她才感到——她自然没有为此找过原因，也不能明白——失望。

她曾经期待生活给予她陶醉、激情与狂喜，但却得到了一个在热带生活中过早老去的男人的宽容温存与明智超然。生活还亏欠她一场青春。她不知道这些，但她的血液与直觉知道，因而让她充满了莫名的悲伤与疲倦的愤怒。

于是，她心中下意识震颤着对上海挥之不去的恨意。那些中国街巷刺鼻的气味让她想起中国监狱里的可怕夜晚；那些古老的美丽帆船让她想起菲尔金和他对她的狂热爱恋；那阴森森的浑浊江水象征着她在中国的土地上盲目奔逃的两个日子，一个是她变得无家可归的日子，一个是她背上谋杀嫌疑的诅咒的日子；每一个街上遇见的熟人都重新唤起她对在法庭上所受的深刻侮辱的忧虑。

审判结束后最初的时间里，无论在市区内、店铺里，还是在美琪电影院里、卡尔顿咖啡馆中，人们都带着着意强调的敬意友好地问候她。伊莎对整个殖民地来说，就像是一个牺牲者。但是崇高的感觉在现实生活中不会持久，重大时刻的抒情情怀也会变淡。日常生活带来怀疑和批判。人们开始私下议论了。

谁知道呢？这些日记何止是奇怪！那可怜的检察官！他被认为"不适应殖民地的工作"被派遣到英属沙漠里去了。或许他才是那个重要的日子里真正的牺牲者呢？毕竟好多欧洲人在亚洲吸食鸦片，但也没人因此而写下这种日记。谁知道呢？谁能知道呢？

气氛渐渐开始变化，因为伊莎·瑞安如今已不是一个无助的受害者，也不是在公开的耻辱柱上遭受诽谤的女子了，而是殖民地内最为富有和最美丽的女性之一。

舆论的这种变化不可能不传到伊莎耳朵里。这也成为伊莎憎恨上海——她的灾难之城——的原因之一。

她沉默地顺应着一切，从不对她的丈夫吐露半点。但爱与忧虑之中的敏感猜出了许多，但却不是全部。瑞安曾经有一次，当然是开玩笑似的，但实际上却十分恐慌，心里准备好了

自我牺牲，严肃地说道："所以，现在该怎么办，伊莎？我们该离婚还是要继续经营这段危难婚姻？"

她什么也不说，只是拥抱亲吻了他。这样的回答已经足够了，于是这个问题就搁置不谈了。

不，瑞安并没有猜出一切。但他有一天晚上听到她在房中轻声抽泣时，突然明白，周围的环境让她感到压抑。他太羞怯，也太体贴，因而没有透露他偷听了她哭泣的事。但第二天早晨，他漫不经心地说道：

"说吧，伊莎，如果你说这城市让你感到难受的话，我非常能够理解。要不我们搬走吧？"

她的眼神第一次如过去般明亮欢快起来。她不假思索地欢呼起来：

"回欧洲？！"

对欧洲，对德国的思乡之情长久以来就折磨着她了。

"如果你这样希望的话——"他犹豫地回答道。

她立刻意识到自己误解了。"不，不，"她急忙否定道，"我只是想，你——"

他摇了摇长着白发的优雅头颅。

"没错，我的确不是这个意思。我——我们，"他戏谑地弯腰凑近他的"合伙人"，"在这种混乱与争斗的状态下必须留在中国。没有人会知道，中国人日渐觉醒的民族主义会走到什么地步。你知道，我很担心在中国的欧洲人的处境。"

她点了点头。他们经常谈到灰暗的政治形势。

"我是这么考虑的，"他急切地往下说道，"你知道，我们在香港有个大型的分公司。那儿的主管是兰瑟姆，他的工作十

86

分令人满意。但他是英国人。香港正在抵制英国人。因此，如果人们在那里能够亲眼看到德国上司出现的话，将对我们同广州和中国内地的生意大有好处。"

他再次微笑着弯腰贴近她。

"你想移居香港？"她如释重负，愉快地喊道。

"是，如果你愿意的话。"

这一刻，她对上海的憎恨突然如决堤般倾泻而出。她终于承认了。倾吐自己的秘密让她的双颊红彤彤的。自那些不幸的日子以来，她第一次如此激动、兴奋和活跃。

"好的，我们就移居香港！"瑞安做出了决定。

"这里的生意我可以交给巴戈。我们只需对他稍作培训。解散和迁移总部自然还需要一些时间。"

"这样没什么要紧的，只要能离开这儿就行了"，伊莎叫道，那愉快的期待让她变了个人似的。

然而准备工作却进行得十分缓慢。巴戈，原先的代理人，一个老办事员，却拒绝接受这个新的任命。他甚至想在十月一日辞职。"中国对我来说太危险了，"他解释道，"我想在英国安静地度过余生，瑞安先生。在这里，我们有一天会失去拥有的一切。您别见怪，瑞安先生，我真的不想在这个火炉里度过一生，好让人在某个美妙的早晨用私刑处死。"

伊莎建议将分公司主管兰瑟姆从香港调到上海来，因为他在香港已经是多余的了。但瑞安有重要的理由反对这一建议。兰瑟姆不知道上海的情况，需要很长的适应时间。与此同时，他们对于香港并不熟悉，而兰瑟姆在香港却可以把事情处理得十分出色。

87

所以，上海必须重新招收并培训一个新人。他在静安寺路上的别墅也卖不出去。人们对于住宅的需求正在减少。欧洲人正在离开中国，不会在这种形势不明朗的时候在此定居。

伊莎越来越不耐烦起来。她又重新堕入冷漠消沉的忧郁之中。

于是有一天，瑞安将两张"马其顿号"的船票摆到了她眼前。他预定好了舱房，愉快地向她展示了这意外的惊喜。

"等待让你焦虑不安，你这没耐心的小姑娘。所以，我先把你带到香港，托付给兰瑟姆，他会照顾你的，我两天后乘坐下一班美国轮船'波尔克总统号'，回到这里。"

"我要一个人待在香港？"她惊讶地问道。

"是的，亲爱的。你不会无聊的，你在那儿有的忙了。你得为我们找一栋住宅，熟悉那里的工作——现在羽毛生意刚刚开始——一句话，你有许多事情要做。你还没察觉到我不在你的身边，我就已经处理好这里的一切，又回到你身边了。合伙人女士是否批准我的生意计划呢？"

伊莎心情轻松地同意了这一计划。她觉得只有一个方法让她摆脱萎靡颓丧和内心的不满与痛苦，那就是：尽可能快地离开，换个地方，远远地离开这个给她带来过不幸、耻辱和侮辱的地方。

# 14

伊莎打一开始就爱上了香港。她热烈地爱上了这个遍布拱门与柱廊的城市。她在前来亚洲的旅途之中已经见识过不少美

88

丽与奇异的事物，但却没有什么是比驶入这个粉青色雾气缭绕的海湾更加美好的。海湾两侧的一边是重山叠翠的香港岛，另一边则是座座白色宫殿与别墅沿着山坡排开的维多利亚城。维多利亚城的对面是中国港口九龙区，翻过九龙之后的重重高山是一片广袤无边的神秘大陆，还有百万人口的大城市广州，中国华南地区的门户。

伊莎回忆起"科隆号"在旅途中驶过的那些港口，那些还未来得及问候就一掠而过，但却令人流连的美景。伊莎觉得，坐落在岛上山脊之上的维多利亚城——据其所在岛屿也称之为香港——很像热那亚，也像那不勒斯那样的意大利城市，只不过要袖珍些、精致些，也不同寻常些。

瑞安一踏上返回上海的"波尔克总统号"，伊莎就带着重新振作的活力、精力充沛的朝气，马不停蹄地投身于自己的职责之中。她同房屋中介商谈别墅的购买价格，干劲十足地熟悉起"羽毛"这种不易上手的新商品来。

她的导师是香港分公司的主管，埃德温·兰瑟姆。

对比自然而然就产生了。此时的情形就跟之前威廉姆·瑞安在上海带她了解复杂的茶叶贸易时如出一辙。只不过那时候是茶叶季，而现在是十月份，正是羽毛季。场景相似，却又不尽相同。

与丈夫经验丰富的沉着稳重大为不同，她对面坐着一个潇洒大胆、为谋取利益不择手段的三十岁男人。

他出色的行业知识和他雷厉风行、不畏艰难的意志为他斩获的次次成功让他二十六岁就坐上了这个前景无量的职位。尽管中国混乱的局势对英国人的贸易造成了打击，尽管香港有针

对英国人的抵制和罢工运动，但他还是不断地扩大了分公司的贸易，提高了营业额。

"瑞安太太，现在您会看到，我们这些伙计是怎么做生意的，"他用少年般响亮的嗓音欢叫道，"您知道，现在没有英国人能往广州，因此也就是整个中国南部销售产品，或者从那些地方进货了。这里只有德国人能同中国人做生意。您很能干，就要把所有生意都揽到自己头上。这不是对您的恭维，而是事实。"

她赞同地点点头。

兰瑟姆将烟斗又塞进嘴里，继续介绍道。

"我自然是一直在强调，我们的公司是德国人的。但是这里有些家伙得到了风声，说您的舅舅已经死了。这些滑头什么都知道。真不知道哪来那么多的密探。最近他们搪塞我，说我们是一家纯英国人的公司。我就把他们给训走了！我在这个房间还抽了几张黄脸的耳光，谁让他们扯谎。虽然我那时——这话就我们私底下说——还不知道您是德国人，而且是公司的合伙人。我只是想，总得想出个法子来。哈，现在您从天而降，来到我面前，那些个眯缝眼的无赖可要瞪大眼睛了！明天我叫来了我们所有广州的大羽毛供应商，到时候自然会在他们面前介绍您。"

他笑起来，露出他的白牙。他是典型的盎格鲁萨克逊人，毫无疑问，是伊莎见过的最英俊的男人。他高大，修长，壮硕，头脑里燃烧着恣意如火的激情。

他总是女人们的宠儿，被惯坏了，往往不太把女人当回事。他从来不用去征服，一切都是不请自来。女人在他眼里只

90

是玩物，闲暇时刻中短暂的消遣，是亲切可人、逗人开心的小玩意儿，玩腻了就可以丢弃。

伊莎在身体上几乎也感受到了他身上那种力量与男性魅力的强大撩人的影响。她像一个小学生那样拘谨地坐在他的对面，像一个任其摆布的木偶一般时而点头，时而微笑。她觉得自己举止间很是笨拙，想要挣脱他施加的魔力，表现得自然真实一些，但一再被他的魅力所俘获，尽管她已经动用一切意志抗拒这种魅力了。

"您明天会来吗？"她笨拙地问道，只是为了说点儿什么。

"是的。明天您得同那些先生们调个情，展示您的魅力，迷住他们。您得装作不会说英语的样子，明白吗？只跟人说德语。"

"谨遵您的指令，长官。"她试着用揶揄的语气回答他。

"现在我们来看看，您是否还记得我昨天向您讲述的跟羽毛相关的知识。请！"

伊莎挺直了身子。"我又不是第一次领圣餐的孩子，您不用来考问我教义！"她倔强地说道。

他毫不拘束地大笑起来。"女人不知道的时候都这么说。"

她跌入了他狂妄放肆的陷阱里。

"是这样的么？我会证明您是错的。"她像一个女学生一样，带着嘲讽的语气，滔滔不绝背诵起来："中国北部的羽毛产地主要是南京、无锡，长江沿岸主要是汉口和上海。南京主要产鸭毛，其品质可媲美匈牙利产出的羽毛。"

"正确！继续！"

她顺从地继续背下去，语气里不再有嘲讽。

"北方的羽毛产地主要是南京。但这里没有白色鸭毛，只有灰色鸭毛。广州的羽毛远不如北方的羽毛值钱，因为——老师，您可真严格——这里的鸭子因为气候炎热，不需要那么多的羽毛。因此，过去最好的羽毛是来自俄国的。"

"很好！继续！"

他不亦乐乎地抽着烟。

"中国这个国家主要产出鸭毛。没有其他一个国家像这里这样有那么多的鸭子。"

他打断了她。

"这一点看得出来。我每年都会出差，一直到达佛山，一个远比广州还要南部的城市。"

"现在也是吗？——在中国人仇视英国人的时候？"

"当然。我的勃朗宁自动手枪一直打开了保险放在我的口袋里。我直接就进村子里见那些卖家，那样就能以便宜一半的价格买到羽毛。我当然也从批发商那里进货。我本来不想跟您说这些的。这个我以后再说。我只想向您描述中国有数不清的鸭子。

铁路的路堤穿过灌满水的稻田，绵延千百里，直到天边只剩下稻田里的水和纤纤挺立的翠绿稻秆。就在这片广阔无边的水田里，有上千万只鸭子在戏水或潜游。当它们一同飞起时，天空中乌压压的一片。"

"好的"，伊莎问道，"这些鸭子是谁的呢？它们是野生的吗？"

"您的问题总是很聪明"，他恩赐般地夸赞道，就差称呼她为"小姑娘"，赞许地摸摸她的脑袋了。"不是，那些都是家养的鸭子，每一只都是私人财产。水中搭建了许多小木台，人拿着笛子站在上面，或者有时也用两只手做成哨子的形状，一看到有鸭子上岸或飞走了，就吹响笛子或哨子。这是一种响亮的信号。每个这种看守鸭子的人都有自己特殊的信号，鸭子能够清晰地分辨出来。只要这种信号一响起，它们就飞回它们在水中的老位置。"

"真有趣。那晚上呢？"

"晚上看守鸭子的人和鸭子都睡觉。好了，现在请您继续。"

她一五一十地复述了兰瑟姆前一天给她讲述的东西：村里收羽毛的人如何在秋天时收集起村子里的羽毛，寄给在广州的中国批发商；而中国羽毛批发商的中间人，就跟茶商的中间人一模一样，也会带着样品来拜访欧洲的出口商。

兰瑟姆急忙插了进来："我们今天就到这里了。您看，我对您所掌握的知识有所怀疑，而这竟然让您背起来书来了。"

他笑了起来。

"您真洒脱啊。"她柔声说道。

"我就是这样的。但是女人就喜欢我这样。现在请您接着听我说。在羽毛贸易中会有很严重的欺骗现象。但这不会被认为是欺诈行为。送来的羽毛中常常有一些柄很长，却没有什么绒毛的，也就是不能用的长羽毛。村子里的收羽毛人为了增加重量，就常常在羽毛中混入沙石。如果送来的货物只有40%的脏物和沙子，就很值得高兴了。以上所说的，都是骗人的把戏。我们要十分仔细地把关。1平克尔① 纯正的南京羽毛价格为133.3英镑，如果有赃物和沙子就是60银元，相当于80墨西

---

① 原文为Pickel，在文中显然是一个重量单位，但译者多方考证，也无法在任何文献、资料中找到该词与重量单位相关的释义，故音译。——译者注

哥鹰洋。上海鸭毛的价格是1平克尔65银元，相当于85墨西哥鹰洋。南方的鸭毛1平克尔55银元。"

伊莎匆忙地做着记录。

"我们会将羽毛清洗到只剩百分之十的杂质——我待会带您去看我们那些带有清洗机、烘干筒和气流机的大型设备——然后将其分为绒毛、半绒毛、小羽毛以及废料等类别。这之后，若是在北方，羽毛会经过液压系统压制，但我们这儿是由苦力压制的，然后缝制成垫子，销往世界各地。现在我们去吃午餐吧，然后开车去太平山上看寡妇达尔斯顿的别墅。我相信，那就是您想要的。"

她倾听着，完全屈从于他强加于人的意志。她穿过办公室所在的皇后大道，走进对面她居住和用餐的香港饭店。

晚上她常请他一起在香港饭店用餐。但中午他就在德辅道上一家小餐馆里吃饭。这家餐馆一到中午，就像一个蜂箱似的闹哄哄的，挤满了饥肠辘辘的公司职员。

他在那里与丽塔·伊斯兰德——他这段时间的情人——碰面。

她在英国是体操老师，因为一次意外事故失去了这份职业，带着最后的一点儿积蓄来殖民地碰碰运气。她给东部亚洲带来了一种女性从事的新行业，即报纸广告招揽人。这个想法如此新奇，而那些发行量大的报纸又固守英国传统，因而一开始时没有一家报社愿意冒险尝试。但最终还是有一家报社大胆进行了改革。它的勇气得到了回报。这个活力充沛的二十五岁的漂亮女人在本地和欧洲商人中为东家赢得了比期望中更多的客户。

94

到香港一年之后，她已经为自己赢得了一个稳固的地位，成为了东亚商场上炙手可热的女人。她收到不少诱人的邀请，有的来自岛上竞争对手的报社，有的来自上海、槟城的一些报纸，甚至还有来自哥伦布的。尽管如此，她还是忠于那家让她事业起步的公司。

她与社交是绝缘的。一个从早到晚在潮湿炎热中来回奔走、"乞讨"广告和"设法搞到"印刷订单的职业女性在殖民地中不是一位女士，也不具备社交能力。

她对自己被社会抛弃的状态并不是不感到心酸，但她更难以忍受的是在这个可怕陌生的环境中孤独一人。正是在这种情况下她在这家德辅道上的小餐馆里认识了埃德温·兰瑟姆。他们知道他们彼此相互吸引。并不是只有截然相反之人才相互吸引。他们的外表相似，都是漂亮高大的纯正英国人，都是各自性别中的翘楚。

但让他们走到一起的，当然是他们截然不同的本性。丽塔·伊斯兰德尽管在工作上果敢有力，但在爱情上却是十足的女人，百般顺从，小鸟依人。她成了他的情人。他成了她商业禁区外唯一能够说话的人。她对他放荡不羁的风流韵事一无所知。他让她知道，生活不仅仅是为了每日的面包而奔波操劳。他们一起度过了三个月的幸福时光，她一定也没有觉察到危险的气息。

当兰瑟姆来到饭店里接伊莎时，她还在餐厅里用餐。服务糟糕透顶。自从对面的广东罢工以来，中国服务员就变得放肆、不服管了。经理是个瘦弱矮小、来自克姆尼茨的撒克逊人，对于他们的消极抵抗全无办法。自从他之前将那个公开带

头反抗的头目、一个个子高高的中国北方人，一耳光扇滚下了厨房的楼梯之后，他只能随时在口袋里揣一把左轮手枪，随时准备射击，以防自己遭到暗中袭击。尽管他们现在还怕他，但无论他怎么催促、逼迫，他们仍然故意放慢了脚步，慢慢悠悠地去上菜；他们有意混淆出错，他也拿他们没办法。无论是订立规矩，还是进行处罚，结果都招来他们齐心协力的消极怠工。

这饭店的负责人每天都会向他的德国同胞抱怨他的不幸。

"怎么，还没吃完？"兰瑟姆一边说，一边坐了下来。

伊莎用眼神指了指那个迈着愉快悠闲的脚步向她走来的服务员，他端上来一份不是伊莎点的鸡肉。

站在一旁的经理无可奈何地耸了耸肩。

兰瑟姆生气地嚷起来："您看看这些家伙，竟然公开讽刺我们！英国政府再不采取强硬一点儿的措施，是不行了。我早就不明白了，为什么唐宁街那班人要一味地容忍。"

那德国人摇了摇脑袋，谦逊谨慎又确信无疑地说道："英国战舰在广东开的第一炮将成为屠杀所有欧洲人的一个信号，兰瑟姆先生。"

"还不都是你们的错！"这英国人激愤地叫道。"你们还有其他欧洲人，不来帮助我们，也不跟我们团结起来，反而利用了我们的困境，像一个盗尸者那样偷走了我们的生意。如果我们欧洲人都团结起来的话，本来就该如此，那些中国人马上就不知所措了。"

伊莎在这里已经读到、听到不少，有自己的见解。这时，她说道：

"英国人早就该想到会有这样的后果，我的朋友。是谁首先煽动起中国人和黑人对欧洲人的仇恨的？是谁批驳中国对德国宣战的？是你们！是谁给了他们反对欧洲人的理由？是你们英国人，是你们发动了战争。还有，是谁在最初用尽各种正派的、不正派的手段，搬出一套套借口与托词，垄断了世界范围内的贸易？是你们！那个时候你们可没说欧洲人应该团结起来、一致对外、相互扶持啊。那个时候你们只想着自己，只想着自己的贸易。现在你们到了生死攸关的时刻，成了受害者、落难者；现在你们又来呼吁团结一致了。"

她激动得满脸通红，恼怒的样子十分美丽。她控制了一下自己的情绪，略微镇定下来，又继续说道："然后，亲爱的，我要说，这里的人们不过是为自己国家的自由而斗争罢了。民族自决！你们也是为了这一高尚的目标而同我们开战的吧，不是吗？"

饭店经理离开了，脸上掩不住胜利的微笑。

兰瑟姆诧异地看着伊莎，很快平静了下来，回应道：

"您所说的，自然都是些胡话。不过您说那些话的时候那么迷人，就连您那些最荒诞不经的政治见解我都乐得洗耳恭听了呢。"她放下了刀叉，张开了嘴，愤怒地想要回敬几句，但他抢先一步，露出了只要他愿意就会浮现在脸上的迷人微笑，缓和了气氛：

"愿英国和德国之间不再交战。施特雷泽曼和张伯伦在洛迦诺和日内瓦白白辛苦了一回。和平万岁！"

他做出一种古怪的恳求原谅的表情，牵起了她的手。她无法抗拒，默许了。

97

然后两人一起去了太平山顶，香港的最高峰和天堂。在这之前，伊莎还从未去过那里。

他们没有乘坐古老的齿轮火车，兰瑟姆开着他那辆埃塞克斯带着她沿着那条美丽的山路上山。这条从崖石中炸出的山路是东亚众多景观秀美的道路中的皇后。

这条公路是一个引人到达美景的好向导。它懂得借自己盘绕回环精当取舍，懂得出其不意，让每个胸膛都发出陶醉狂喜的赞叹。

在半小时的车程里，它给沿山而上的人们展现的尽是沥青路面和花岗岩墙。然后——就快到山顶的时候——它第一次向他们呈现它巨大的效果。它突然，出人意料地，将人们的视线引向了宁静的汪洋大海。

她抓住兰瑟姆的手臂。"请您停车！"她一边叫道，一边目不转睛地看着大海和海中密密麻麻的小岛。从上往下看去，山川和大海就像她在巴伐利亚看到的立体图那样。遥远的前方是开阔无边的大洋。太平洋难以言喻的深蓝色中镶嵌着些许柔和明亮的条纹。群岛闪动着青草或苔藓的绿光，抑或因岩石的颜色而泛着淡粉色的光晕。所有的一切，一触碰到大海就镶上了一道透亮的白边。

周围没有一间房子、一栋别墅，只有一座名为波克乌鲁姆的白色寺庙。这是大千世界中最为偏僻宁静的一个角落，只有海水、岛屿和海鸟相伴，还有偶尔在远处航行着的船只，黑色的风帆浸透在光亮与色彩之中。

伊莎感动地沉默了许久，然后低语道；

"这样的世外桃源！这样的宁静悠然！我竟然今天才得以

看见！"

"再等等！"他微笑道，"我们还没到山顶呢。"他启动了车子。

到了山顶酒店前，她在苦力、黄包车和酒店职员的熙攘中下了车，迷惑不解地望着他。

他抓起她的手，往前带了几步，来到一片铁栅栏前。这里是公路的尽头。

在这里，这条山路拿出了它最后一张王牌。

伊莎尖叫起来，就像千万游人首次从太平山顶俯瞰整个香港时那样。她像每一个第一次来到这里的游人那样，喜不自禁地认为："这是世界上最美丽的风景！"

香港港低低地躺在下面。对面是九龙这个有许多船坞和防波堤的小地方，九龙后面是大陆的群山。太平山脚下是停靠船只的港池。港池内有两个储存火药和枪炮的绿色小岛。

这幅美景的独一无二、动人心魄之处在于它的色彩。九龙之上耸立着红色的花岗岩山，后头是陡峭绵延的翠绿群山，而在远处则挺立着青灰色光秃秃的岩峰。

那是一片斑驳的色彩。大海在明暗之中呈现出不同的蓝色；海面上的城市和水下的倒影是明亮的白色；香港众多的草坪和运动场是淡淡的绿色；港口和海湾里停靠的船只是片片雪白的块点，一个鲜红的烟囱耀眼地竖立着。而所有这一切都笼罩在湛蓝色的穹顶和巨幕之下。空气凛冽、澄澈、通透，像是潮湿炎热的低地中的清凉饮料。它闻起来像冰，好像能让人咬一口吞下去似的。

自从来到中国，她第一次呼吸到了清新澄澈的空气。她贪婪地呼吸着，舒展着胸脯。

过了些时候，她平静下来，眺望着山顶远处的风景。视线在稀薄的空气之中被无限拉长。山下的每个细节她都能清楚地分辨出来：船只驶过后水沫翻涌的痕迹，帆船的风帆，一只只棚船和每一种小船。

她不停地呼吸着这份寒冷与清新，这种类似欧洲山间的气息。她觉得身体在清新与纯净之中徜徉，觉得清冽的山风涤荡了一切她在亚洲沾染的尘埃。这是纯净原始的状态，是上帝的呼吸。一种家乡的感觉触动着她。

幸福和感动的眼泪淌过她冻僵了的脸颊。

这时，兰瑟姆的声音把她拉回了现实。

"我就知道这里会让您感动的，"他得意地说道，"今天之前，我总是认为山下的景色是地球上最美的。"

"今天之前？"她对着他问道。他用两手围住烟斗挡风，点着了烟叶。他悠悠地吐着烟，漫不经心地说道：

"现在我知道了，您着迷的样子才是我在这世上见过的最美的风景。"

他将火柴扔下山去。

她诧异地看着他，想要生气地斥责一番。但他说得那么自然，那么随意，那么不以为意，她也只好当他的话是不当真的玩笑话。她按捺住心中的波澜，说道：

"现在我们去参观那别墅吧。"

他点了点头，给她带路。

伊莎终于近距离看到了山上的这些房屋和别墅，她常常在饭店里站在自己的窗前远远地观察它们。太平山顶上一条条干净的沥青街道纵横交错，隔开了一道道高耸的花园围墙。这里有鲜花的芬芳和泥土湿润的气息，黑色的大蝴蝶飞舞在道路上方。透过重重篱笆之间的一道道铁门，一座座藏身于美丽花园之中的低矮亲切的别墅便跃入惊叹者的目光之中。

"您了解意大利吗？"兰瑟姆打破了之前他所说的轻佻话引起的沉默。

"不多。"她简短地回答道。

"这里很像贝拉焦或任何一个沿海的地方。"

他们又重新陷入了沉默，直到来到瑞安想买的那栋别墅前。

这里对伊莎来说又是一个奇迹。她成了一个幸福的孩子。这栋明亮的八角形房屋只有一层。屋外环绕一个宽敞的浅蓝色游廊，镶着高高的窗户。每个窗户外都各成一幅童话般的风景画。有些窗户朝向太平洋；有些则面对着香港的海湾；有一扇面朝着高大的绿色金字塔奇力山，一座比太平山还要高的山峰；还有几扇窗户朝向山间的花圃，里面开放着娇艳的花儿，长着棕榈树、柳杉、香柏和松树。

伊莎活跃兴奋起来。她不停地围绕着游廊跑来跑去，从每一个窗子里看出去，为窗外的风景，为浅蓝色回廊的明丽色彩，为透过窗子涌进来的空气，为游廊地面有趣的马赛克图案，为巨大的阶梯形的绿色花园，也为棕榈树和艳丽的热带繁花而兴奋不已，欢呼雀跃。

别墅内的房间也受到了她的热烈称赞。

带他们参观的老太太微笑着点着头，跟在他们身边。为了给客人准备冷饮，她匆忙离开了。

这时，兰瑟姆同她耳语道：

"请您控制一下！别把您的喜爱暴露得那么彻底。这样会抬高价格的。"

没等她回答，老太太又回来了。为了反对兰瑟姆的好为人师、回敬他粗暴地破坏了自己的兴致，她固执地说道：

"我很喜欢您的房子。我以后就住在这儿了。我们会买下这栋别墅的，达尔斯顿太太。余下的事情我们是不是就同您的中介商量？"

当他们回到山顶饭店时，兰瑟姆淡然说道：

"可惜，现在我没法压低房子的价格了。"

"您无需为此费心！"她尖锐地回答道。

他在花园围墙间的寂静山路上站住，平静地说道：

"您为什么对我如此刻薄呢，小姐？这样我可难以决断您是陶醉在浪漫之中时，还是生气时更加迷人了。"

她也停住了脚步，勃然大怒：

"我也不知道该怎么评判您了，兰瑟姆先生，您到底是善良坦率呢，还是厚颜无耻！"

"厚颜无耻。"他直截了当地说道。

她诧异地凝视着他。

他微微一笑，继续说道：

"我要是真的坦率的话，就不动嘴皮子了，而是行动起来，将您抱在怀里。"

她气得脸色发白。

"您大概忘了，我可是您上司的妻子！"她叫道，嘴唇颤抖着。

102

他仍是微笑着，摇了摇头。

"可惜没忘，"他回道，"要不然我早就行动了。"

"您真是——"她话说了一半，就转过身背对着他，匆忙地往汽车的方向走去，费力地忍住眼泪。她感到自己被打败，受到了侵犯，很受伤。

兰瑟姆慢悠悠地走在她身后。他渴望得到这个迷人的小女人。他知道他能俘获她，就像他俘获在她之前的其他女人那样。高贵一些的女人在一开始时面对他厚颜无耻的公开追求总是感到怒不可遏和受到了侮辱。他总是这么做，不仅仅是出于引诱的乐趣。女人对他来说是不受法律保护的人，是为了供那些有勇气和力量征服她们的男人玩乐而被创造出来的。

当他来到车前时，伊莎已经在副驾驶座上坐好，脸色阴沉，沉默不语。

他坐进车里。

"生气了？"他问道，关上了车门。

"我真的不明白，"她喘着气，"是谁给了您权利，允许您这样跟我说话？"

他小心地在成群的黄包车和苦力车夫间开着车，当道路变得通畅时，他嘴上叼着那个不可缺少的小烟斗，说道：

"权利不是谁给的，是自己拿来的。"他猛地拐了一个弯。

"每个人都有权利在生活中择取精华。"

当他在蜿蜒的山路上又拐了一个急弯时，她的身体摇晃着朝他的方向倾斜。

"即使那精华已经另有所属了？"她问道，不知怎么的，他风风火火的驾车方式和放肆大胆的言辞让她平静了下来。

103

"什么叫另有所属？什么叫占有？什么是权利？"

"啊？"她叫道。

"我绝对是贵族、征服者。该死的苦力，就不能留点儿神吗！"他对一个被飞驰而来的汽车吓得不知所措的苦力训斥道，然后淡然地继续说道：

"权利就是权力。其他的一切都是感情主义和无用的废物。有权力就能拥有权利。现在是这样，以前是，未来也是，只要人与兽还在这世上斗争不休。争夺权力的斗争在自然中到处可见。强者胜，得权利。我说的可有道理？"

他笑着转向她。

"您看着点儿路。"她提醒道，回避了他的目光。

"这种对权力的欲望在大多数人那里表现得并不明显。他们用顾虑、道德和无用的教育来掩盖自己的欲望。我没什么好顾虑的。我对我在伊顿所受的教育，对一切风俗习惯都不屑一顾。我会诚实坦率地说出我追求权力的欲望、我的本能和愿望。所以我可以毫不避讳地说，您是我遇见过最聪颖、最美丽、最有魅力的女人，我会竭尽全力赢得您的心，获得拥有您的权利。"

她沉默了片刻后问道：

"如果我今晚将您的无所顾忌告诉我的丈夫呢？"

"那他也许会认为我不正派而将我解雇。但这么做是愚蠢的。首先，我的做法是正派的——我若赢得了您的心，那么我就有权利拥有您，而每一种权利都是正派的。其次，如果他将我赶出公司的话，我将为一家德国公司奉上我的经验和知识，这将对贵公司造成极大的竞争。不管怎样，我赢得您的决心是不会改变的。"

他们正以每小时一百三十公里的速度冲下山去，伊莎沉默不语，偷偷从侧面看他。他的脸庞专注而镇定，充满了力量。尽管汽车在拐弯时剧烈地颠簸着，但她却并不害怕。尽管汽车飞驰，但她在他身边感到安全和放心。她欣赏他侧面鲜明的轮廓，越发感受到他的年轻活力和男子气概。

晚上，她如往常那样给瑞安写信。关于兰瑟姆，她在信中只写道："他大大咧咧的，但这也能逗我开心。无论如何，我从那儿学到了很多。"她欺骗自己。她不向丈夫透露半点儿他的放肆无礼是为了不损害生意。要是瑞安将他赶出公司！为什么要这样呢？愤怒，竞争！

写完信后，她又在阳台上坐了许久。

蟋蟀响亮地鸣叫着，这种遍布整个亚洲的昆虫整夜嘶叫个不停。

这是一天之中最后的光亮了。太平山苍翠欲滴，高耸在阳台前，给人一种压迫感。一片雾气降落山顶，将那里的别墅群虚化成一片海市蜃楼。一座座带有老香港式走廊的雄伟城堡在降临的夜幕之中幻化作白色的童话宫殿。云雾就像一层蓝色的轻纱笼罩在这斜坡上的别墅小城上。

毫无预兆地黑夜已然到来。千家万户亮起了灯光。山坡上只有这些灯光还显现在黑暗中，像永恒的空间里悬挂着的星辰。

伊莎长久地坐在阳台上，在秋夜潮湿温暖的空气里做着梦。她什么都不愿想，只想在这座亚洲城市喃喃私语的寂静中半寐半醒地打发时间。思绪来了，她赶走它们。忧虑来了，她将它们挥走。

她终于回到了房间里。空气炎热混浊，有种发霉的气味。香港饭店是一栋老房子，里面的家具都蛀了虫。蚊帐之外让人无法忍受。她将呼呼转动的风扇摆在一张凳子上，紧挨着床放着。凉风吹拂着她赤裸的身体，很是惬意。

她慢慢睡着了，梦见了埃德温·兰瑟姆。他又在说："您是我见过最迷人的女子。"接着，他抓住了她——她无法抗拒——用让人疼痛，却感到美好的力量——将她拥入怀中——亲吻她——她的心仿佛随时都要跳出胸口。这种强烈的感觉，冰凉沁人，就如太平山顶的空气那般凛冽，令她陶醉不已。思绪与忧虑再度袭来。

她第二天早晨醒来时，还记得这梦。她穿着衬衣走到阳台上。太平山的山尖笼罩在晨雾之中。远方的云雾下耸立着一座座别墅，如大理石般光洁，披着一层奇异的金色，在早晨稀薄的空气里尤其显得高大立体。房屋一层层排列在山坡上，好像是一道道人工瀑布。一切看起来又是那么的不真实，像是舞台上的布景。但这不是因为有所遮掩，而是因为清晰得有些尖锐了。过了些时候，云雾落到了山坡上，给一切遮上了一道柔软、厚重的帷幔。

伊莎站立着，观察着那层层叠叠的石头迷宫上光线与色彩的明暗变化。

太阳现在透过了云雾照射下来。云雾的帷幔又上升了。那座神奇的山上，新的一天又开始了。一切都明亮起来，一栋栋别墅变作了粉红的颜色，窗户里像是镶嵌了钻石一般一闪一闪的。

她穿着衬衣站在那儿，惊叹着，陶醉着，只是看着，不停地看着，什么都不愿想，更别提细细思量了。但她意识的深处总有一个不祥的预感在提醒着她："提防——提防！"

# 15

但是爱情来了，或者说是那渴望疾风骤雨、蓬勃朝气与迷乱眩晕的情欲来了。她相信，这就是伟大的"爱情"。她只能以此来解释她的忧郁与失望。她感到自己在中国的生活就在这炎热憋闷、令人萎顿的香港一天天过去了。但现在，她心中升起一阵太平山高高的顶峰上扫荡一切的清凉和鼓荡激情的海风。

而兰瑟姆正是太平山顶的化身。

她感到，这爱情正是她热切期待着的幸福。她十九岁纵情享乐、充满激情的幻想让她对此深信不疑。她将这爱情视作上天的安排，当作命运对她所遭受苦难的补偿。

她不是立马就有了这样的认识，而是经历了在负疚的痛苦之中漫长而又艰难的斗争之后才明白的。他继续追求着她，放肆强横，攻势猛烈，但又带着雄辩的逻辑与机智。他的外表也是他的一大助力。

她陪伴他一直到礼顿道紧邻着海的马球场上。她看到他坐在马鞍上，看到他调教那匹愚蠢的小马，看到他在外形、胆气和身手上都超群出众。她为他感到骄傲，感受到他在这种游戏中展现出来的卓越的阳刚之气。

她陷入了迷恋陶醉之中。

有一次，当他的马发疯似地冲撞起来时，她不由自主地大叫起来。这一声叫喊暴露了她对他的爱。她害怕地向丈夫倾

107

诉，向上海寄送呼救的呐喊，写信说到自己的孤独，对他的渴望，不住地呼唤他。

瑞安幸福地笑了，深深地受到了感动，从没有像这几日那样确信伊莎对自己的爱。他催促——鞭赶着进展缓慢的生意。中国的局势越来越堪忧了，灾难就要来临。人们甚至觉得脚下的土地都在震颤摇晃一般。谁还会在这种时候买入别墅呢？谁还会在眼下轻松地做着生意呢？亚洲的未来一片灰暗。

瑞安承诺马上就来香港，但日子却一天拖一天，一周又拖一周。

而在香港，他的妻子越来越难以抑制地认为，埃德温·兰瑟姆是她的命运，是上天为了弥补她在生活中所遭遇的一切而馈赠于她的，是命运亏欠于她的东西。

有一次，她隐晦地对他说：

"我经历了许多。"

"我知道——我在报上看到过。"

他们还从未说起过关于她的那场审判。她向他讲述了一切——她初到上海的那一天菲尔金救了她的事情，菲尔金的发狂以及她在中国监狱内的婚礼等。

他听后，问得她猝不及防。

"那么您告诉我，诚实地告诉我，您同您丈夫是出于爱情还是迫于危难而结合的？"

"您无权问这样的问题。"她大声地反对道。

"我有充足的权利。因为我爱您。"

他的爱情表白已经不再让她生气恼怒了，而是剧烈搅动她的热血，让她胸中眩晕陶醉。在他那男性眼眸逼人的注视之下，她轻声答道：

"我当时是迫于危难而同他结合的。但是——"

他打断她：

"那他就没有权利拥有您。那他就是利用了您的危难——"

她的正直马上跳了出来。

"我不准您这样评价我的丈夫。他救了我的命。一切都要归功于他。他让我自行决定是否仅仅是将他当作救命稻草，无罪释放后就同他离婚。您别忘了他所做的一切。在我遭到唾弃的时候，在我成为整个上海的巨大丑闻，成为谋杀犯，被整个殖民地所惧怕的时候，是他鼓起勇气，高贵地站了出来，将我变作他的妻子。"

"换作是我，我也会这么做的。"

"也许吧。但是他已经这么做了，而且对我总是那么温柔体贴，善解人意。"

"善解人意可不是男人的美德。"

他跳了起来——他们本来坐在办事处里——，抓住她的肩膀，咄咄逼人地问道：

"您这样就心满意足了？善解人意！温柔体贴！您心中的青春活力没有在呐喊吗？您和您丈夫的年龄隔了整整一代。您不想体验激情、轰轰烈烈的人生、欢乐中的狂喜与沉痛吗？"

她感到他的双手紧紧箍住了自己的肩膀，令她疼痛，也令她激动不已。

"您放开我！"她小声请求道。

他抓得更紧了。"不，我现在想知道，您是不是爱我！"

他让她抬起头来，凑近自己的脸。

她紧靠着他的脸，小声说道：

"我爱您。但是我骨子里是忠诚的。请您放开我。"

她说得那么恳切，那么楚楚可怜，以至于他心中绅士的那一面站出来放开了她。她又跌坐进沙发里，因为自己的告白而崩溃绝望，心碎欲绝。

她的软弱令他越发强势。他走到她身边非常靠近的地方。

"接下来怎么办？您是怎么看待人生的？"他粗暴地问道。

她抬眼看他，棕色的眼眸里闪烁着光芒。

"必须要做些什么吗？"她痛苦地低语道，"知道我爱您，您难道还不满足吗？"

"不，"他迅速否定道，"我没有那么暮气沉沉。您也不是。人只有这一次人生，必须完完全全、竭尽可能地去享受它。您希望您年老时为虚掷的时光和难以挽回的过往而悲伤吗？"

"我别无选择！"她万分痛苦地转过身去。"我被困住了，我的人生总是那么混乱和痛苦。"

"每一种人生多少都是如此，"他毫不感伤地强调道，"人生是所有事情中最为艰难的。"

她沉默了，又突然坐起身来，年轻柔嫩的脸颊显得严肃锐利：

"我不会背叛我丈夫的。所以，我请求您，别再说了。"

"我会一直说的。"

"您这样做会让我非常不幸的。"

"也许一开始不幸——但之后会非常幸福。"

这时，敲门声响起。一个仆人拿来一封电报。瑞安乘坐的来港船只已经驶过台湾岛。

110

# 16

她藏在丈夫的身后，紧贴着他，在他那里寻找防范兰瑟姆和自己的庇护所。

瑞安感到非常幸福。他常常饱受折磨地怀疑，他是否在她无罪释放后还有权将这个年轻女子——尽管她自己也愿意——绑束在自己身边。她的信件和她此时对他的倾心和依赖安抚了他的良心。现在他确信她爱他了。

伊莎寸步不离开他的身边。当上海运来的家具到达时，他们一起装饰在山上的房子。他们一起讨论和商量一切——椅子的摆放、每幅图画悬挂的位置等。在办事处的时候，她就坐在他身旁，机敏地出出主意，提提建议。

但办公桌的另一边，却坐着埃德温·兰瑟姆，他用他那双冷酷嘲讽的眼睛警觉地观察着。当瑞安转过身去时，他意志坚定的嘴角就露出志在必得的微笑。晚上，他常常受瑞安之邀，从自己的单身住宅来到半山腰的别墅里做客。他是瑞安十分欢迎的客人。而她却感觉自己像是被追踪的猎物。她为萦绕在四周的背叛痛苦不已，感到自己让毫不知情的丈夫陷入一个可笑的境地。他对着窥伺和诱惑自己妻子的情敌说着热情友好的话。她无法忍受，只好往室外跑。她一直跑到古老美丽的阳台边上，那是这栋住宅的边界，高高地俯瞰着山下的港口。她站在那儿，靠在还留有太阳余温的岩石上，努力在她闯入的迷宫之中找寻一条出路。

不能再这样下去了，她意识到。她不能再让她丈夫，这个

高尚、信任自己的人，扮演这种被欺骗的配偶角色了。是的，她欺骗他——，在精神上和人情上。她不审慎的爱情告白将她与另一个男子连结在一起，给了他占有她的权利，也给了他权利嘲笑和讥讽她那毫无猜忌之心、对妻子的爱确信不疑的丈夫。她有从高处往下跳的念头。但她心中惦念的未曾经历过的人生和她十九岁的年纪反对她过早地结束自己的生命。

她就那么站着，绝望地做着斗争，呆呆地看着山下。

山下，街道与船只上的灯光串连成线，熠熠闪光。黑洞洞的水面被岸上、码头上、船坞上珍珠项链般排列的一个个灯笼，被咖啡馆、餐馆屋顶花园上的白炽灯泡环绕着。

她站在那儿，眼睛直勾勾地看着山下，做出一个个被理智所唾弃的决定，找不到摆脱这令她窒息的生活的出路。

她颓丧绝望地往屋内走去。

透过游廊上的窗户，她可以看见房间内的灯亮着，瑞安和兰瑟姆在里面坐着，兴致勃勃地谈论着生意。烟斗里冒出的烟气让整个房间呈现出微蓝的色调。她站住脚步，透过窗子看着这两个和平交谈着的男人，他们都是她的命运。她看到瑞安那张机敏、成熟、沉思的脸和兰瑟姆那颗英俊、年轻，迸射出一个个大胆计划的脑袋。她心绪烦乱，眼泪涌了上来。她不敢走进屋子，又回到炎热的夜晚中散发着泥土气息的山间花园小路，将哭泣的脸埋在鲜花和灌木丛中，感到自己迷茫、不幸。

"哎呀？"瑞安在屋里说道，"伊莎跑哪儿去了？让我们来找找这个喜欢在夜里游荡的姑娘。"

先生们来到了花园中，叫喊起来。她快速地擦干眼泪，站起身来，用竭力克制的声音回答他们。然后他们三人一道——伊莎走在两位男士中间——走过黑魆魆的道路。

兰瑟姆偷偷地抓住了她垂下的一只手，紧紧握在手里，尽管她无力地试图挣脱。伊莎声音嘶哑地说道：

"我进去了，我累了。"

"我也是。"瑞安笑道，道别了他的代理人。

兰瑟姆看着两人紧紧地抱在一起，走进屋内，心中充满了愤怒与嫉妒的渴望。

丽塔·伊斯兰德这段时间没有好日子过。埃德温·兰瑟姆没有一次特别温柔地对待过她。他不再是亲切可爱的爱慕者了，变得乖张易怒了。关于伊莎·瑞安，他不再在她面前说一句话，但是她什么都知道，凭着女性准确无误的知觉嗅出了一切。恋爱中的女人总是明眼人。

所有的一切都逼人做出一个决定。终于，危机爆发的那个夜晚到来了。

伊莎又一次离开了房间，站到了阳台上，又从上往下看着。纵身跳入深渊，了结一切的渴望在她心中越来越强烈。她找不到其他的出路。她不管怎样都爱着兰瑟姆，渴望着他，尽管他大胆放肆，尽管他爱嘲弄讽刺。不管怎样，她都爱他。

她无法再忍受这种双面生活。她翻身坐上一道低矮的界墙，闭上眼睛，往下一跳，一切痛苦和折磨就都结束了。

一种怨诉的悲哀在她心中升起。结束！她年轻的生命。一切希望，所有存在，所有的一切。但没有另外的出路。一切都是闭锁的、堵塞住的、框死的。她陷入了一张要将她扼死的网中。她凝视着深渊。她马上就会躺在那里了，摔得粉身碎骨，从一切存在着和感知着的事物中被剔除——从宇宙空间中被消

113

除。——她突然想到了菲尔金,他曾经问她,在这个宇宙之后是否还有另一个宇宙。

她犹豫地微微一笑。

她还管这些问题做什么呢!生活中问与答的游戏永远都不会再有了。很快的,片刻之间,永恒不变的虚无就将要到来,就像伊万·菲尔金将那把古老的中国匕首刺进胸膛时那样。奇怪,她此刻也站在门槛上——就像他那样!

她抬头看亚洲天空上的星星。要是她跳下去的话,会从宇宙中消失吗?死亡会消除一切吗?不,不管怎样,人都会存在于广阔的宇宙之中的——也许——也许!

一阵凉风吹拂着她的额头。她突然想起修道院来,想起了巴伐利亚湖——充满了怀念。那里是宁静的。如果她回到那里的话,她就能活着,能看见白天、太阳,还有来到山谷里的春天——晚一些,但却更加灿烂。那里的人们不会问她多少问题就会敞开怀抱欢迎她的。但是,如何逃跑呢?如何不做解释、不加欺骗地离开呢?不对一直以来对自己好、非常爱自己的丈夫造成伤害?还是心中藏着对爱人的渴望煎熬地活着?

不,不,生活只给她一种方法逃脱这个罗网,那就是底下的深渊。

房间内,瑞安已经同兰瑟姆道了别。他还想起草一封重要的商业信,这是一晚上同他的代理人讨论商议得出的成果。

兰瑟姆来到花园里找伊莎,看到她白色的衣裙在黑暗中闪动。他看到她两手支撑在阳台上,身子却向外坐着。他立马来到她身边,一把将她拉了回来。她向后跌落下来,背对着他躺着,后脑枕在他的胸口上,一张苍白的脸面对着他。

"伊莎！这是怎么回事！"他震惊地说道。

她背对着他躺着，紧密双眼，任凭自己的重量落到他身上。

"宁愿死也不愿属于我？！"他无不惊愕地责问道。

她一动不动地躺在他身旁。他弯下身来亲吻她。——她立马跳了起来。

"不行！这样不行！"她喘气道。

"我不会再放走你了！不会放你去死的！你属于我，属于生活，属于幸福！理智一点儿。甩开这剧烈奔涌的生活！"

她耳语道："你走吧。"

"你先向我发誓——"

她打断他，呼吸急喘如飞。

"我去找你——明天！"

他疑惑诧异地凝视着她。

"你来找我？"

她点点头。

"确定？！"

她又点了点头。

"快走吧。"

他慢慢地沿着花园的山路往下走。现在，当她做出了死亡的决定，经历了最后时刻里的战栗恐惧之后，她想要活着——只要活着，活着就好。她从阳台边跑开，远离这围绕着深渊的边界。她跑进屋内，气喘吁吁地回到房里。

瑞安抬起头来，把目光从信纸上移开。

"我去睡觉了。"她说道。

他点了点头，抬起头来想要亲吻她。她用嘴唇匆匆地吻了他，就急忙回到自己卧室中去了。她快速脱下衣服，扑到床上。她躺在床上，清醒地瞪大了眼睛，精疲力竭，一直到晨光升起。

# 17

那是一个星期天。

早餐时，她说出了一切。她单纯善良的心性中无法再有欺骗和不忠了。如果她要活下来，有人就要遭受痛苦。生存的利己主义在她前一夜坐在悬崖上时在她心中生起。她的青春和她对幸福的要求战胜了她。他已经老了，已经活过了。但她的眼前还有大好的前程——她想要拥有它，经历它，收获它。

"我不得不让你经受巨大的痛苦。"她打消了最后一重顾虑，突然说道。

瑞安机械地放下了手中的刀和叉。

"我爱上了埃德温·兰瑟姆。"

房间内鸦雀无声，外面的世界也空无一人，只有一艘大轮船在遥远的大海上航行着。

瑞安仍是一言不发，他用迷离恍惚的眼神看着伊莎。

她心中有些话冲口而出。

"我知道，我做得多么卑鄙。你在我最危难的时候救了我的命，让我入了你的姓。你是伟大高尚的。——我配不上你——我是个小女人——我知道，我什么都知道。但是生活在我身后——在我心中——催赶我——我没办法——我爱他——我——"

瑞安极其缓慢、坚定地用一种她从未听到过的语气说道：

"你是对的。别再说了。我一开始就让你自己决定事后是否跟我离婚。你有自由和权力做这个决定。"

她一阵心碎的感觉，蓦地从位置上弹起，快步走到他的椅子边跪下来，握住了他的手，心乱如麻地向他抽泣道：

"原谅我！"

他抽回了手。"我没有什么好原谅你的。站起来。"

他拉她起来。她站在他面前，哭得全身发抖。

他于是走到她身旁，有些迟疑地抚摩着她的肩膀，安慰道：

"别哭了，孩子。我什么都能理解。我已经是个老人了，而你还是个年轻人。我都能理解。"

就在这几分钟内，他真的变成了一个老人。

"就按照你的意思去做吧。去跟兰瑟姆谈谈。我会接受你们的决定的。"

他说着，又抚摩了一下她的肩膀，就走进了自己的房间。他长久地站在窗前，向下看着平静的大海。

他看到伊莎离开了家，匆忙地穿过了花园。这时，他将额头撞到玻璃上，玻璃悲号似地吭吭作响。

不要软弱下来，还不是时候，等到最艰难的时刻过去，再被自己的高尚压倒，等到伊莎离开家去找过那个她激情渴望着的男人之后。

她来到史钊域道斜坡上一栋漂亮的砖砌房屋前。有个仆人在花园里干活，没看到她。正门大敞着。伊莎轻手轻脚地溜了进去。她的心跳动得如此剧烈,以至于她只能模模糊糊地听到某个房间里传来的说话声。

她走到那道门前,四肢僵硬地站住了。

一个女人的声音说道:"我知道你在等谁。"

兰瑟姆粗暴地大声回道:

"我请你离开,我没有必要向你解释什么。"

伊莎不想偷听,但却没有力气离开或者做点儿什么。

房间内的交谈继续着。丽塔·伊斯兰德说道:"她当然已经被你俘获了,就像你的其他女人一样。我现在知道关于你的一切了。整个香港都在谈论你。"

"我很受恭维,人们竟然对我那么有兴趣。"

"恬不知耻,你上司的妻子——"

"那又怎样!"他轻蔑地喊道。"她因为这重身份就成了一朵'别碰我'的小花。"

伊莎倚着门柱瘫倒在地,跪了下来。

丽塔平静地回答道:"你会跟她结婚吗?"

"为什么?"

"要不然我会去警告她的。我的朋友,你和你那奇怪的男人权利观同我们的文化格格不入。所以,总得有人阻止你的恶劣行径。"

"你不过是嫉妒罢了。"

"是,我是嫉妒,"她愤怒地叫嚷起来,"但嫉妒给了我力量去拯救别人。所以,你是要跟她结婚呢,还是要我去警告她?"

他笑了,"你真以为,一个恋爱中的女人会听从情敌的警告?"

"那我们走着瞧。"

"我真的不明白，你怎么这么激动。你从前是多么可爱——多么顺从啊。"

她沉默了。

他继续说道："结婚？真是胡扯！我们渴望彼此。你认为肉欲、激情和本能是婚姻的基础吗？"

"你说什么？"她诧异地问道。

"彼此信任的伙伴关系、友谊和共同点，这才是孕育婚姻的温床。如果我同一个女人在一起感到彼此信任、愉悦彼此的话，那我就会同她结婚。那样的话，同你结婚也说不定——"

伊莎没有再听下去，她终于有力气站起来，跌跌撞撞地从前厅离开了。

# 18

她奔逃着，就像后头有个凶恶的幽灵追赶着她似的。在她混乱残酷的生活中，她从没感到如此受折磨、如此被侮辱。被这个她曾经充满信任、陶醉幸福地记挂在心的男人的话语所侮辱，比在上海听审中宣读菲尔金的日记时还要难堪。

她还没考虑过如何与兰瑟姆一同生活。婚姻在她看来是理所应当的形式。但是结婚或是不结婚并不是最重要的。她曾经设想过一种爱情永不停止的生活。他想要的只是一段插曲，短暂的激情，燃尽那点燃的旺火。对他而言，她足够可以满足他的这个需求了。

这一认识让她堕入了深渊，比山崖上看来充满威胁的深渊更加致命、更具毁灭性。他不过是把她当作他激情中的玩具，只当作转瞬即逝的艳遇，等同于一个娼妓，这是对她作为女性的亵渎。她感到自己被他的期待所玷污、被他的追求和表白所欺骗。她成了骗子的一个受害者、生活与爱情中的愚人。

她感到深深受到了侮辱，颓丧不振地穿过周日阳光照射着的宁静山路，不知道要去向哪里，漫无目的、机械地走着，被耻辱的重负压迫得万念俱灰。她拖着脚步，沿着之前她气喘吁吁、匆匆忙忙跑来的道路走着。几分钟之前，她还激动得心跳不已，心中尽管还为令丈夫忧伤而感到痛苦，但却高高扬起了额头，因为她要去实现自己的命运，要动用一切爱的能力去爱这个被她视作命运和她的人生幸福的男人了。

一个伤心欲绝的女人，匆匆忙忙地迈着梦游般的小步子，沿着原路返回。她的脸像是枯萎了一般。那就是她所谓的"命运！"她"伟大的爱情！"她"生活的完满！"她的大脑一刻不停地转动着。所有一切崇高的事物就在顷刻间粉碎、湮灭！她曾经那么虔敬地相信着这一切。多么奇怪啊，几秒钟之内，我们虔诚的信仰、高尚的信念，就被粉碎成一堆废墟！

她突然站住了。她这是要去哪里啊！——那么匆忙，好像害怕错过什么重要的事情似的。她环顾四周，不由自主就走在"回家"的路上了。她脸上是痛苦抽搐的表情。上面明亮的八角形别墅已经不再是她的家了。就在今天早晨，她已经永远将自己锁在家门外了。她心中的一切所想都在反对着一个念头，那就是，当她在"爱人"那里痛苦地大失所望之后，是否还能够懊悔万分、可怜巴巴地回到丈夫的身边。不，不，不能这样！不能这样无耻！他那么善良，一定会接受她的。他会体贴地忘掉这个早晨的告白的。不，不，不能这样考验他！不能做出不体面的事情，不能摇尾乞怜，不能不知羞耻。

她不知所措地环顾四周，明白自己又无家可归、孤身一人站在亚洲的土地上了。

她的眼前是蓝色的大海，她沮丧茫然地向下望去。远处的海面上，白色的远洋巨轮熠熠发光，已经离开了香港港。也许它将驶回家乡——驶向德国呢。

一股强烈的思乡之情摇撼着她。

周围一片寂静，山下没有任何声音传上来。一叶帆船孤独地行驶着，像一条细线，在阳光的照射下若隐若现。现在它转了个方向——风帆开始反射刺眼的光芒。

寂静之中响起一声纤弱清脆的钟声，是从下方的波克乌鲁姆寺庙传来的。

伊莎突然明白该怎么办了，看到了出路和方向。她要回家乡，回到德国，回到她在巴伐利亚山区里的古老可爱的修道院中去。她的脸庞在这一决定强大的推动力下绷紧起来，显露出想要采取行动的意识。她想向瑞安讨些旅费，不会带走财产中其余的部分。在经历了亚洲之行中所有的折磨与失望之后，她将做回那个被宁静所包围的修道院老师。

她快速回到家中，不声不响地溜进了自己的房间，赶忙收拾起行李来。但她突然又被今天早晨所遭遇的不幸所击倒。埃德温·兰瑟姆的话毫无预兆地又在耳边响起："彼此信任的伙伴关系——友谊——共同点是婚姻的基础。"

她坐到床上，苦思恼想起来，然后痛苦地对自己点了点头。他是对的，在这一点上他是对的。但她明白得太晚了。现在什么都太晚了。她没有意识到，幸福曾经就握在她手中，但

121

她没有去珍惜，就像大多数人那样。她想到了象征人类这种愚蠢的童话，这样的童话和故事有许多。

她的思绪漫游开去。她细细思索起她的人生。早已退却的记忆又回来了。是的，卡尔舅舅也曾经是个迷人的童话，上海和亚洲也是。现在所有这一切都已经失去了魅力，也不再是童话了。现在亚洲对她而言是一片凶恶危险的黑暗地带。是的。但是这黑暗之中却闪耀着丈夫的高尚、爱恋与善良。

她放声大哭起来。

结束了！她是个将生活中最珍贵之物粗心丢弃的蠢货。

她模模糊糊感觉到该振作起来，继续收拾行李了，但是一夜未眠的疲倦和早晨所遭受的失望带来的虚弱感令她难以支撑。她躺在床上，睡着了。

就在离她几步远的地方，另一个人坐在一张椅子上，陷入了对人生中难解的沉重与艰难的苦苦沉思之中。他并不怨恨她。他理解，年轻人吸引着年轻人。他也理解她所做的决定。他无法理解的只有一点，为什么偏偏是他被命运选中，成为这残酷逻辑的牺牲品。

仆人前来通报——埃德温·兰瑟姆来了。

已经是正午时分了。因为伊莎没有去找他，所以他来提醒她遵守自己的诺言。他心中也有些不安，要是深渊的诱惑力比他怀中的幸福还要大，那该如何是好？！

瑞安像看到幽灵般注视着他的代理人。

兰瑟姆被他沉默不语的凝视看得有些害怕。

"您——怎么——了？"他心虚地问道。

"我的妻子——伊莎不是在您那儿吗？"

"在我那儿？"

"她今天早上跟我说，她爱您，要去找您。"

兰瑟姆尴尬地涨红了脸，感到十分震惊和恼怒。这蠢女人！竟然说了出来！

他想要道歉，解释。

瑞安抬起手，阻止了他，厉声问道：

"她在您那里吗？"

"不在。"

瑞安走到窗前，更多的是在自言自语：

"她几个小时前就走了，到现在还没回来。"

兰瑟姆吓得脸色发白。

"昨天晚上，"他说道，"当我走时——她正想从阳台上往下跳——我——"

两个男人惊恐万分地对视了几秒，然后瑞安一言不发就冲了出去。

兰瑟姆犹豫地跟在后头。

瑞安找遍了花园里的每个角落。他的目光从阳台往下，扫视着眼前的深渊。他万万没想到，她就在家中，在她自己的房间里。他看到她脚步轻快地离开了，就像是奔赴一种吸引人的幸福。这种幸福难道是——死亡？为什么她却告诉他自己爱上了兰瑟姆呢？

他又匆忙地走开了。

兰瑟姆像个多余的蠢货般跟在他后面。瑞安令人准备好车，什么话也没说，留下了兰瑟姆一人，呼啸着向着市中心急驶而去。

123

兰瑟姆恼怒地做了一个无奈的手势，朝着自己的公寓走去。真是一个令人难堪的故事！难堪得要命！他愤怒地咬了咬下唇。

瑞安找遍了各家饭店，这座小城里为数不多的欧洲街道，还有那勾起可怕回忆的中国城，然后又来到了浅水湾，香港的浴场。这里有一家诱人的现代化新饭店。伊莎曾经非常喜欢它。但是这里也没找到她。

当他绝望地回到家中时，天已经黑了。他询问感到惊讶的仆人们，瑞安太太是否已经回到家中。但是没有人见到过她。

当汽车飞驰而去时，伊莎已经醒了。她看着他开车离开，也看到兰瑟姆的离开。她待在自己的房间里，等待着丈夫归来。她必须告诉他自己的决定。她并不感到饥饿，她害怕见到那些中国仆人，所以一直待在房内。

她听到了汽车回来的声音。现在他要来找我了，她想到。她觉得，他宁愿躲着她。要是他不来，那我就必须去找他。她等待着。

瑞安回到了他的房间，不安地来回踱着步。她发生了什么事？为什么不去兰瑟姆那儿？后悔了？因为怀疑而自杀了？

一种撕心裂肺的痛苦袭上他的心头，一种心惊胆战的忧虑让他难以忍受。他茫然地看着四周。他该做些什么呢？报警？他的谨慎还能阻止他做出这种极端的行为。孤独与寂寞包围了他。他不由地走向伊莎的房间。

他走进了伊莎的房间，并没有意识到自己这么做了。他来到了卧室里，却没看到她。月光照进房间里，但她蜷缩在一个黑暗的角落里。

124

他走到她的梳妆台边，深情地抚摩她的剪刀和锉刀。他又抚摩了她挂在门上的晨衣，然后在床上坐了下来。他崩溃了，将脸埋在角落里，成年之后第一次大哭起来。

伊莎惊讶地观察着他的一举一动。现在她悄无声息地站了起来，走到他的身边，跪在他的近旁，将脸靠在床上，凑近他的脑袋。

他猛然抬起身来——看到了——认出了——

她靠在他的胸口上，久久地，一言不发——然后她结结巴巴地哭诉起来：

"我知道——我现在不得不离开——但走之前——我要告诉你——我爱你——只爱过你——那是昏了头——是迷途——我会回德国——我——"

他听懂了她的话，用亲吻堵住了她颤抖的嘴唇。

这时，床头柜上的电话响了，是兰瑟姆打来的。

"您找到伊莎了吗？"他叫道。

瑞安用幸福不已的语调回道：

"是的，我找到她了。她回家了。"

（完）